高春林 著

漫游者

WANDERER

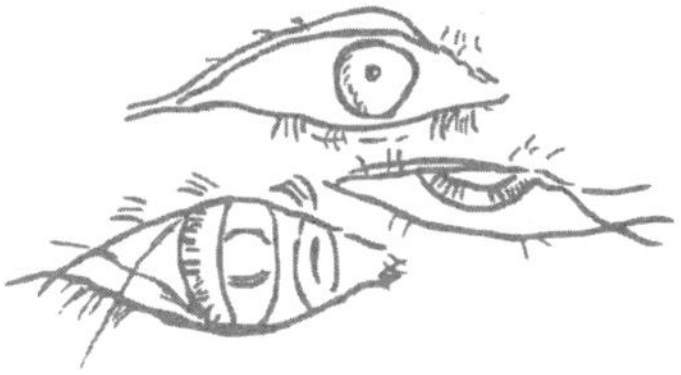

長江出版傳媒 | 长江文艺出版社

高春林

1968年出生，1989年开始写作，主要著作有诗集《夜的狐步舞》（2010年，河南文艺出版社）、《时间的外遇》（2013年，阳光出版社）、《隐者书》（诗歌EMS）等，随笔集《此心安处》（2013年，长江文艺出版社）。部分诗歌译介到国外。主编诗歌选本《21世纪中国诗歌档案》。曾获第三届河南省文学奖等奖项。

目　录

第四辑　自然书

认识一位诗人

王家新

认识一位诗人需要一些时间。第一次与高春林相聚是去年暮春在河南神农山诗会上，他质朴，消瘦，讷于言而敏于行，“眉头带有一丝义山的忧郁”（这是那时我写他的一句）。今年又见他数次，一次是他和诗人西渡在青海湖边纵马，一副欣欣然被“释放”的样子。最近一次则是去河南郏县参加“三苏诗会”，而郏县正是他的家乡，他的声音的发源地。

正是在郏县的两天间，我对一位诗人的感知变得更清晰、更切实了。在今天，中国众多的知名诗人大都生活在大中城市，像春林这样一直“坚持”生活在一个偏僻小县城的并不多。郏县虽属文脉贯通之地（“三苏墓园”，有着千年历史、保存良好的郏县文庙，等等），但它至今仍是河南省的“贫困县”之一，我们居住的所谓“帝豪宾馆”外面尘土飞扬，并且一晚上居然断了两次电。生活在这样一种环境下，一个诗人怎样呼吸，怎样与外界相处并潜心于他的写作，这让我不能不感叹：

去哪里，我从不多问，
也不必问及。我的工作

是小跟班听从小使唤，
但我不表演。白天融入
空气，像尘埃、小颗粒，
习惯于说些中听的话，
喝下不情愿的酒，然后
沉默，长时间沉默。

而在诗人走进的“暗夜”里：

我的狐步舞，我旋转，
我的梦说不准就是闪电。
在暗夜里，我有限的
手艺，打开通往世界的路。

这首题为《低生活》的诗，显然就是诗人的一副自画像，并且暗示出他的县城小公务员身份。河南籍评论家、许多河南诗人的良师益友耿占春在一篇评论中首先就注意到春林的近作带有“明显的自传式语气和传记式经验”。当然，任何诗人的写作，或多或少或隐或显都会包含着一些自传式因素（即便是以“非个人化”著称的艾略特，在他的《四个四重奏》中也是如此），不过，具体到春林这样一位既非浪漫主义自我表现诗人、在生活中又很低调的诗人身上，这种“自传式”写作究竟意味着什么呢？

我想（据我对春林的阅读），这无非显示了一个扎根于自身存在的诗人，坚持通过写作认识、观照自己及自身环境和命运的努力。如果说在他那里总是隐现着一个“自传式”写作主体，那也正如策兰所说：“真实，这永远不会是语言自身运作达成的，这总是由一个从自身存在的特定角度出发的‘我’来形成其轮廓和走向。”春林的写作，就体现出这种性质。他出生在南阳，成长在郏县的一个小乡镇，后来的生活也一直被农业文明所包围，但他却不是人们所说的那种“乡土诗人”。他的诗写自然事物、日常生活、往事追忆和旅途见闻，勾勒出的却是一个人与世界的遭遇和哲人们所说的“存在的地形学”。的确，这是一个能深入到存在的更本质层面的写作者。

而让我深感兴趣的，不仅在于春林的写作所抵达的境地，还在于其“心路历程”，在于他这些年在怎样找到并确立一个“自身存在的特定角度”上所体现的艰辛而复杂的诗学努力。对于像春林这样的带有残存的“乌托邦冲动”的诗人来说，怎样在当今这个时代对自己的写作重新定位，这是具有决定性意义的一件事。我为他近年来的写作感到欣喜，在很多方面，也正在于他所体现的明澈心智、自我限度意识以及由此而形成的一套“相称”的叙述风格和修辞技艺。而这一切，我想不仅对他个人，对中国当代诗歌的许多写作者来说，都是有意义的。在《幽兰》一诗里，诗人曾这样写道：

> 夜读《幽兰操》，在先人的叹喟里
> 找到我悲伤的症结。好像生命在暗示：
> 别矫情，别责怪习习俗风，
> 世界本来多病。我们无理由筑乌托邦之城。

一个诗人对自己写作的重新调整，就是在这样一个更大的背景下发生的。虽然该节诗的后两句稍嫌直露，但也属真实心迹的一种流露。上个世纪九十年代以来，在剧烈的历史震荡之后，随着商品经济和大众消费文化的兴起，社会愈来愈趋向“世俗化”，生活回到了世世代代意义上的“日常”（虽然是一种重压下的、受权力控制的“日常”），深受挫败的诗人们也不得不学会“屈从”，并在这种“屈从”中重新找到他们应对生活的智慧和手艺。也正因此，我们看到许多诗人从一种叶芝式的激越音调转向了拉金式的“降温技巧”（姑且这么说），而春林，作为一个小县城诗人（“后来，我们入住城市，不再沾染泥土，/……顺从天命，过惯常的/生活以及偶尔欢愉。”《爆米花》），还必须“降”得更彻底一些，以“落到实处”，在属于他自己的物质环境和具体经验中重新发出诗的声音。这也是策兰那一段话中所提到的“真实”问题。诗歌当然不是用来“反映现实”的，但即使是在今天，每一位诗人仍须从他自身存在的深处为其写作找到真实可靠的担保和依据。

可喜的是，就在这持续的自我教育和“写作练习”中，春林没有像有些人那样混同于世俗生活本身并散发出一身浊气，而是愈来愈清晰地显现了他作为一位优秀诗人的品质：敏感，内向，富有精神定力；视野开阔而又伴以自我限度意识；专注于语言和技艺，但又能深入内心，富有洞察力。在他的写作中，光亮中有阴影，清冷中有欣悦，克制中带着一丝隐痛。他可以这样写下去了。

作为一个同时具有“承担”和“限度”意识的诗人，他的诗承载得不多但也不少。他的作品的“吃水线”往往恰到好处。对此，我们读读他的一些近作就知道。在一场持续不断的如耿占春所说的“诗学和社会学的争吵”中，我们在他那里也读到一种追问和对自身处境的审视：

我踱步。我蜗在貌似的安逸里，
也许可以不想什么了。
可是报纸上无聊的花边爆料像雪片
覆盖暴力、拆迁和悲伤群体。
我不知道外面的世界怎么样了，
夜太长。你们，给我词……

——《在一个人的世界里踱步》

这首诗写的是朋友来信“多到外面走一走”，但诗人只能“在一个人的世界里踱步”。一个“貌似”，泄露了所谓“安逸”下的不安，最后的“夜太长。你们，给我词……”则给我们带来更有力的冲击，不仅如此，这一句还十分耐读：“夜太长”，这堪称是中国诗歌“永恒的主题”了，而接下来一个陡然的“你们，给我词……”，甚至让我不禁联想到一个传说：德国占领巴黎期间，一位德国军官指着《格尔尼卡》问是谁画的，毕加索这样回答：是你们画的！而在春林这位中国诗人这里，他来得更猛，也更“无理”：“你们，给我词……”一个充斥了暴力和痛苦的世界，在这里化为“你们”，而诗人与之构成了面对面的关系：“你们，给我词……”他居然向这个世界索要“词”！这种无以言说的无力感，悲愤感，嘲讽感，本身就是“给出了词”。也可以说，诗人并没有逃避，但他把难题还给了世界。也正是经由这种令人叫绝的方式，诗人发出了他的声音。

当然，这首诗也会让我们联想到闻一多那首著名的《静夜》（“静夜！我不能，不能受你的贿赂……”）。作为一个诗人，春林像他的很多同行一样，也不得不“继承这片大地”，或者说，他也不得不替杜甫、李商隐、苏轼乃至现代的闻一多、徐玉诺在这个时代继续活着。在他的“自传式”写作中，就时时隐现着他们的影子。

这也提示着，春林不仅是面对现实的变化，也是在一个更深远的历史时空下来重新审视和确立他的写作的。河南这片历史文化积淀深厚的土地赋予他以历史感和宇宙意识，也使他的写作渐渐带上了一种与历史和文明传统的“对话性”。这种对话，当然，首先源自一种生命的自我辨认，《幽兰》一诗是这样，《在社旗，看山陕会馆》一诗也是这样（“曾经，我述说过这个院子/空荡得连灰尘也消失。白泽嵌在壁画中，/和梨园一道，借游人的耳朵怀旧……”）；有时，当历史与现实相互交叠、映照，一种恒久的生命隐忍和当下的矛盾也往往纠结在了一起：

弯道上，王维和明月都不见了。
车速开到60。空调Ⅱ。2009。秋不是秋。
我们还在漫游。似乎没什么可看。
“我也想做王维，不想做杜甫……”

——《我也想做王维不是杜甫，但是行吗》

也许，正是在这种纠结中，他不得不在王维与杜甫之间找到一个“第三者”，或者说，他不得不为他自己重新“发明”一个杜甫，一个满怀沉痛、但也对生命满怀欣悦的杜甫。我想，正是现实的艰难和从先辈们那里感到的宿命般的悲剧感，春林要求自己“多写一些幸福的诗，形若野花”（《诱惑，与被诱惑》）。他要摆脱传统的悲情，摆脱历史和现实的重负，获得一种如斯蒂文斯所说的“语言的欢乐”，使卑微的人生也能“发出奇特的光芒”。他的《白龟湖，水波涌的下午》《在山下观星月交谈》《诱入湿地》《在寺院的明亮中，世界空旷了……》等诗，都是这样一些作品。在这些动人的诗篇中，诗人并不回避现实真实的处境，但却体现了一种令人惊异的发现美和诗性赞颂的能力。而这类写作，不仅满足了生命本身的愉悦，重要的是，它使诗人的舌头有了“获救”的可能。（见《清明，在苏轼墓前》）

这样的写作，显然也突破了他早期诗歌的某种单一性，有了更丰富的层次、音色和对话性。他的感受力日趋深化、精微。他的诗很少写到事件，也没有明确的主题，这些是他早已摆脱的写作模式。现在他的笔力所至，往往深入到如陈超所说的“经验的幽暗部分”（如《流沙》这首诗：“我陷入乱石，翻找着日月”，“而梦境在这时被搅醒。被船一样的/淘沙车搅醒。流沙，这些流沙/响着，我未弄明白它声音里的隐痛”），但同时他诗的幅度也在拓展，诗的写法趋向多样。有论者因为他一直蛰居于小县城，称他为“隐者”，但是春林的自我命名“漫游者”（见他的诗），在我看来更切合于他的写作性质。他与他生活的环境保持着一种独立的游离的关系，既出入其中，但也带着一种审视的眼光。《火车，下洼的午后》这首诗，连地名也很实在，它描述情侣在乡村的漫游，诗的最后却是：“火车的隆隆声，就在这会儿出现了，/我转过身，似乎要从火车窗认出自己。”这样一个出乎不意的结尾，一下子打开了一个新的生命视角。

至于春林近些年来在艺术风格和诗艺上的演变，人们都留意到了，只是很难说清。这里我想先从苏轼说起。“青山处处埋忠骨”，本为川蜀人的苏轼，在其生命最后却选定郏县的一面山坡作为自己的永久安息之地，这种选择本身，还有这样一位大师悲剧性的一生，其无奈而又旷达的个性，对生活在这里的后人都不能不产生影响。同为河南籍诗人的飞廉就有一首很动人的悼诗《东坡坟前》，最后两句是：“清冷的杂草间，散布着细碎的小黄花，/‘绚烂之极’，归于平淡。”

显然，这最后一句出自苏轼本人：“凡文字，少小时须令气象峥嵘，彩色绚烂。渐老渐熟，乃造平淡。其实不是平淡，绚烂之极也。”我想春林也经历了这么一个“渐老渐熟”的修炼过程，这不仅是文字风格上的，也是生命意识上的。不过在他那里，他把“乃造平淡”化为了现代诗学意义上的“节制”：“这个下午，我们在土院子里找世界，/一个人在几个人的话语里，步子很轻”（《在徐玉诺故居》），看上去不动声色，但却让一切历历在目，让我们“看到”并“听到”，也从中感到了一种无言的颤栗；至于《春运》的最后一节“车窗外，一对年轻人/紧紧拥抱，女孩哭成了泪人……/这让我有一丝的恍惚，但顾不上/细想往事，站警在提醒着时间”，同样写得很克制、感人。生活已不允许我们的诗人抒情，但他仍可以以寥寥几笔，点出那难以忘怀的人生。

正是在这样的潜心修炼中，春林形成了他自己的叙述风格、语调和修辞技艺。他爱写湖、河、水，因为“水波/一向都在我们的身体里，暗涌成性”（《白龟湖，水波涌的下午》），他的许多诗的风格也如河水一样沉稳，看似波澜不起，但有定力，有内在紧张的潜流，水波间不时有阴影和亮光掠过。在语言修辞上，他对词语的运用和处理往往颇具匠心，富有创造性，而又点到为止，避免炫技，正如他避免在诗中对事物“过度阐释”一样。比如《夜走断桥》这首诗：

对风景的修复在于人潮退落后
在于夜，断桥，风微凉
不纠缠湖水。话语的鱼可以自由到长翅膀
自由到一种妩媚，然后
是小雨点，然后是我们的不紧不慢
前边是孤山，不是孤单
我们在一条木质长椅上坐下，只是坐一下

不远处有人在爱，他们和杨柳
比妖娆。用夜色，水色，荷色，剧情色
这时候，鼓噪来自身体
这时候想起情感是奢侈的，所以危险
唯一炫耀是，北山的灯很童话，像身边人的
质朴，让安静更安静。而时间走得快
抱别后，成水纹般细碎的远方

全诗语调自如，技艺娴熟，第一句就带有“格言”的意味，但又合乎诗的情景。全诗以叙述的语调和简约的短句形成节奏，主线分明，但又贯穿了丰富、细微、多层次的感受（“风微凉/不纠缠湖水”）。第二节的“他们和杨柳/比妖娆”与第一节的“自由到一种妩媚”相呼应，都带有用词上的创造性，虽然各自的意味有所不同；至于“鼓噪来自身体”，看上去不假修饰，但一个“鼓噪”却用得极其直接，有力。接下来“北山的灯很童话，像身边人的/质朴，让安静更安静”，不动声色，具有压舱石之效。至于全诗的最后一句，意犹未尽，但是该断则断，因为未来和远方都已化为语言的纹理，一一展现在了我们面前。

读这样的诗，不能不惊异春林这些年在诗艺上的进展。这里，我还想起了他和河南一些诗人朋友一起创办的杂志书《先锋诗》。说来也是，中原大地底蕴深厚，但却易于形成一种保守的文化习性，在这种情形下，河南这些诗友对“先锋”的强调就有了某种必要。但是也需要警惕，因为最终检验诗歌的是另一些更内在的标准，诗歌的天地也比我们所执着的更为广阔。说实话，相比于《夜走断桥》，我本人更喜欢《在山下观星月交谈》那样的更浑朴、也更奇异的诗。《夜走断桥》纵然近乎完美，但也留下了雕琢的痕迹，如果一个诗人一直写这种风格的诗，其“生命的格局”和艺术的可能性也会受到限制。

但我想春林对此是清醒的。他练就他的手艺，有时也不禁尝试一些词语的游戏（“前边是孤山，不是孤单”），但大都比较适度。他的诗艺其实暗含了一种综合性，而不是偏于一端。他对诗坛的各种风尚也保持了一定的距离。这里我又想起了庞德当年的那句话“技艺是对诚实的考验”。一个诗人当然需要技艺，但是，当他真正拥有了这种能力，他也就会感到这种考验（这种考验，在茨维塔耶娃那里甚至被表述为：“你甚至用我的血来检验/所有我用墨水写下的诗行”），而且随着经验的成长，我想这种考验也会愈来愈严格——对我们这些写诗的人来说，最终的考验莫过于此。

2015. 10. 15

第一辑
漫游者

在徐玉诺故居

三间草舍沐在下午的阳光下。或者隐在
我一路的想往里，像一个岛屿。
岛主，一个河南诗人，早在 1958 年离去，
留下将来之花园，他亲爱的女儿。
或许是到另外的地方教书、修鞋、拾粪去了，
不再管世间的不规则黑洞与烦恼，
以至于我们的列车穿过破败的河山还停不下来。
这个下午，我在土院子里找世界，
一个人在几个人的话语里，步子很轻。
一棵石榴树结出几颗丰满的石榴而不再孤独。
我还能想些什么？时间在换取
真实的土墙。旧照片的光亮照着新照片的面影，
像是洗净了一切之后的句子。
我什么也不想，就在这个岛屿上坐一会，
因为一转身就是大海了，茫茫人烟，
在变冷的世界，连仅存的信念都要消失，
唯一不消失的，或许就是——
徐玉诺说的，歌者。他的声音里的，
指定是将来，指定是一些人还在坚守的秘密。

2012-11-03

在山下观星月交谈

山风正在簇着一个剪影。也许金星
一向都在这里等待着月牙，交谈，从这时靠近。
足有十年没有遇到这样的画面——纯净的，
像是刚从水世界打捞出来。这时没有理由不说到安宁
——为了恒久，我们让内心柔和，
为了遗忘，我们走在我们制造的边缘。
我们的几米之外是公路，是通向世界的汽车、房屋，
以及秩序、专制。没有什么为一个夜景
而停滞，更没有什么像你的黄玉给予你一个明净。
我的父亲在另一个山里生活了七十多年，
月牙、星河，呼应着的河山，有没有带给他动容？
（我明天再去问他……）或许迥异于我们的
是他一贯的从容。他说的更多的
是要我走到山外去——说这个你会伤感。
我们谈到橘色的灯光，这时在山下是柔美的，
在另外的时间里，也许就是孤独。
我们谈到山间四合院，掐算能住下来的日子，
更多的时候，我们被隐忍劫持。
没有人能够挣破一个时代，但这个夜晚约束我们的至少

不再是我们自己的内心。这想法若构成
一个景致，也应挂到月牙上去，
这想法不同于从前，而且会持续到另外的夜晚。

2013-05-18

白龟湖，水波涌的下午

水波正在徐缓地朝我们涌来。或者水波
一向都在我们的身体里，暗涌成性。
远处是一条渔船，再远处是一个渺茫的孤岛，
再远就不知了，我们只是在我们的情境里，

什么也不想，让时间之水制造单纯，
以至于若干年后怀念起这片水域，还能握住它，
一同握住的还有我们暗自愉悦的短剧，
以及我们内心那不曾丢失的安宁。

对于我们，这多么重要，一个时刻做了
另一时刻的显影器。那就随便走走吧，
我们经过昨日之雨、透彻信任，下午的光线
可亲多了。这时水波推动细沙，
也在推动着我们，不知道还会去哪里

草滩有些水坑，一块石头充任了临时的桥，
但多数时候我们的桥在心里，就像
信念，像爱，很神奇地呼应着，没有那些

山水的阻隔。这个下午我们说到南岸，
像在现实和梦幻之间，那里的芦苇长成野性，

给我们以暗示，让我们接受这些水波，
让时间停在明净处接受来自水面鳞状的阳光，
让水波拥有更持久的水波。如果我们
不离开，秋夜的小提琴还会把水波弄出动静。

2012-09-19

荻间雪

在一种抽象的水泊痕中集合颓废。
除了冷，还有毛荻影响冬天的供词。

我便在这里翻越了断桥。
雪迹看上去有些单薄，像我的身体那样
单薄。在冬天的景象里真实地
与自己相遇。呼吸单一，

和褪色的冷。相比
建筑不在，甚至消失了生活，
时间开始滋生透明。像植物的水皮。

这也许不好，我们需要生活。
湿雾在目击的尽头，再远有水域的诱惑，
道路出现了很多弧线。
不往前走了。冷，叫人清醒。

生活就是一个原本的人在原本的
草木间待一会儿。

这减法，给我以另外的醒悟。

还有背景。它在水色世界里上升。

2012-12-16

在鲁山姥家大锅台与江离续饮

在鲁山，我们围着姥家大锅台，
北方冬天的寒气被炉火和酒精驱散。
我们还在推杯交换孤独。
酒是喝不动了，忍冬花在舌尖上开了再开。
我们说到诗中的父亲，一种隐忍
的话题消弥了江南与北方的冬温差异。
坚定的词抑或就是来自这一束光，
来自父亲，寻常的指间烟。
时间是个鹿群，或许真的没有什么可以留住，
我们志在制造不确定的词性，
这几乎是时间面具之后我们拥有的唯一的神。
有人背诵《宴席之间》，
我们清楚，做一个好信徒并不容易，
有人俯下身子，往灶台里又加了两根木头，
罗羽再次把杯子举起，我们彼此
呼应着，仿佛唯酒在起浪。
干燥的松木在密闭的灶台里劈啪作响，激情
在 77 度橘黄色的光下，跨出身体，
暂且不再受风尘衣袂的扰困。

几步之外的沙河，这时还在它的冰里沉睡，
河沿上那些高耸的白杨，指定是
模糊在霜霄里。有人开门进来，
一阵寒风裹挟着水汽，迷蒙了我的眼睛。
在更多的时候，这之外的时间，
我们还是回到我们的河流，
像不具完整性的词，从别处，到别处。

2013-02-07

赞　美

在沙河的逆光中，他们走着。
飘摇的水草也貌似走着。
整个下午的芦荻属于他们，
两只水鸟沉入无所顾忌的剧情。
远处是一座桥，暂不想它
因桥的尽头，生活还在进行。
没有什么比这逆光下的事物更
透明的了，缘于时间之外，
他们什么也不想，让丰美的
草滩无限远地蔓延。
他们只在一条草路上，抑或
没有路，他们彼此仅交换孤独，
然后提水洗衣。这多么真实，
又多么虚无。沙河无沙，
疯长的茅草置换了平日里他们
过于疲惫的思想。“醒醒。”
但他们从来没有睡去，光线下
睡着的是影子，他们只是抛弃了
时间，在传说中制造传说，

让死亡消隐。“你听过心脏的
和声吗?”这时，他们走着
走着就成彼此的光了。
这光以芦荻的声音在轻声歌唱。

2012-10-03

火车，下洼的午后

午后的下洼，有了火车声……
之后的静美除了几株果树就是我们的
谈论——冬天是抹杀生机的，像黑
抹杀白，专制抹杀你有用的嘴。

我们要做的是越过栅栏。
越过的还有被夜和酒精劫持的隐忍。

当我们走过无垠的麦地，一个粗糙的
涵洞，地上乱扔些啤酒瓶，
我无暇提到醉者，涵洞的另一头是开阔，
——开阔，是我曾经朗诵的一首诗。

没有什么使一种声音停下来，我们谈论
异乡人的云发，这时在装扮树梢，
我携着的女人暗笑了一下，那意思是
不如住到树梢上去，以风做秀，
就可以不再安分，给开阔以野外、以颜色，

给时间以打击。打击等同打击乐，
它在置换我们平日里过于顺从的思想。
这时我们走过了一个矮屋，
走过了一排向天空索要阳光的白杨树，
走过了弯渠，我们谈论着，

火车的隆隆声，就在这会儿出现了，
我转过身，似乎要从火车窗认出自己。

2013-02-06

风景论

这里的秋天打上了混钢型水泥桩，
另外的秋天被蜻蜓的飞机带进眺望中。
你知道，这不是我虚拟的飞行器，
也绝不是对远方的质疑。山水的腰身
涂抹着建筑的花脸，清水河似曾
模糊的说法，破坏了我们的田园诗。
这个上午，我们在水中流石上坐下，
但小天地终究过不了开阔的瘾。
我们看风景，貌似在风景里找酒具。
这不是说一个人做了另一个人的酒具。
我们顺水或逆行，但不回归于羊，
也不以水鸟的白色翅膀当翅膀，
我们只是从城市走出，给时间以漫游。
没有什么比山涧的流水更带来灵性，
正如没有什么比你的笑容更具笑容。
当一个人在另一个人的情致里，
风景就会走进更深远的风景。
这是你说的，若心不在这里那就跟了
浪花了。浪花始终在鼓荡，

红裙一个上午都在模仿紫苏的俏模样。
这样谈论着，我们已走了很远，
风景里的酒具，让我们暂时避开了
建筑的铁网，并为下午的醉酒
找到了一个可以暂且容身的小院子。

2012-10-10

小城赋

夏天的燥热，从路边合欢树上落下。
一辆旧三轮驶入轿车的海，像富裕人中的瘦子。
几乎每天，我都穿行于这街衢，
携不合时宜的中长发、书籍。不知忧郁什么，
一些消失的石坊和正在消失的旧巷子，深陷记忆。
像怀旧主义者，又在向往新理想。
而商铺、夜市和歌厅，这些时代的噪点，
弄疼我情感的句子。我不会点金术，
不然，我一定让它们化作物质中心的树和翠叶，
抑或绿化带中突兀的奇石。我清楚
没有一厢情愿的独角戏，唯有酒吧、茶社、咖啡屋
在升级，连的士晚十点后也升到起价 10 元。
仿佛变化很突然，而又在不经意间。
薄暮时，一些悠闲的散步者，美人，妆点夜。
这时晚风是甜的，晚风伴人醉。
我漫不经心过广场，横穿银河，织女星到处可见，
她们顺从于黑暗中的微光，顺从草地柔软。
有人说时间是用来消费的，我信。

这一切其实并不错，错的是多出的工地，

这向文明掘进的工地，惊飞鸟，还掠走我赞美的词。

2011-06-29

具茨背景

天心石举着山的器官。
你一时脸热，去吹院子外的风。
不，是把敏感传递给我上溯的血液，
让时间尽快跃入我们望见的很遥远的房舍。
别告诉我若干年前这里是涌动的海，
我们的身体里有绵延的楼梯，
而这会儿是上升的石阶和盘山公路
绕着隐秘，过世外的日子。

群山在这时的暖阳下赐予我们安静的午后。
指日针和旧建筑，以及鸣于山谷的
乌鸦全敞开了空山的辽阔。
在这现实之外，我们是另外的现实。
没有片段的引述，也不需编造僵硬的理由，
我们是白石板上的剧情，但又一动不动，
仿佛在等待冬天的到来，
直到下一个冬天，或者更远。

如果可能，我们的交谈就无限期地持续下去，以至于在远方接受降临于我们身上的叙事。
我们真实地往上，空山更空，
几乎听不到彼此的脚步。
不知道还有没有悲苦，你不再是另一个你，
而那些尘俗的偏见，不去管它。
叙事里，有这一天的行人、炒凉粉，
和罩着我们的盛大的立冬日。

2012-11-10

开　阔

走出昨夜之雨。一种通透感，
在妆扮秋天的背景、眼里的净。
世界空旷得可见远山，
没有理由不做一个简单的人。
不窃听风云，而是腾空内心，
不要这门那门玫瑰门，一片薄薄的
叶子金黄地落，预演着时间之门，
不要近视镜，而是观景，
而是打开你身体里原本就有的开阔。
滴水中的蓝，那是天空的蓝，
城中心的一棵树，那是大海的
愿望瓶。没有理由再说黑暗的缰绳，
和生活的破抹布，刚过的三峡，
千里而下的江水波涛澄明，
不要虚妄的酒精和赞美，放下——
放下昨日、线团、平日里的修辞，
你就是波涛上的舞魂，你就和澄明
结举案齐眉之亲。江湖雷声急，
一个简单的人，自有你的开阔地。

不是明天而是这个早晨，

去一个光明处，放下潜望镜。

2011-10-11

不忍春风来

转弯处，我驾着车子找方向，
你正讲的石头精灵，她在挑衅黑暗。
光线透过车窗勾画你的侧脸，
很温婉。身体里的杏树颠覆颓废，
嫣然的景致与故事互为春风。
——这样行进着，城不再是那个围城，
山也不是山——杏树独舞的
国度，配合了你我就近观赏的视角。
从这个视角望过去，树后是群山，
群山簇拥着白云的悠然，像自由的引力。
你一时忘记了要离开，往上走，
把瞬间当作一生。有没有如此开阔的
一生？并拥有我们的石头精灵？
你讲到黑暗是怕光的，两颗石头的
火花就是黎明秀。我知道
你说的力量有些弱小，而社会漩涡
太多，人心很坏，我做不了隐者
就得彼此交换些微的光明
给未来壮胆，给乔木以抽芽的冲动。

我没有找到那个水库，这不妨碍
什么，你的眼睛天然地替代了
水元素。诗曰“狂风吹我心”，
这时风低微，不期望所谓的归途。

2013-03-20

仲秋夜，在昭平湖上谈论月亮

她红色的衣裙，扫荡了夜幕罩下来的薄雾，
时间此刻像水波那样碎了。
我们下意识地倒走，预期出现的场景
绝不是过去，抑或未来。
这是一年当中最美的月亮，
香芋味道掺和一种叫干白的味道
异常真实地在我们中间传递。
这让我们有足够的勇气在时间之外停下来，
模仿圆月，以及她的呼吸。
我清楚我们属于不同水域的植物，
先前彼此遥远，不，是早被世俗界定了。
是月亮的潮水让我们变成了鱼，
让我们有了同一个堤岸——长长的堤岸
赐予我们天空。驱散昨日暗影，
她丰美地上升，裸出明净的肉身。
现在，我们要去哪里？我们哪里也不去了，
让时间静止，让时间碎掉。
因为月圆已经纠正了尘俗判决的错误，
并把世界还给了我们。还给我们的

还有她常说的那种神奇。

我们神奇地走在夜晚或每一个白昼，堤岸的

尽头是一座桥。这不是幻象，

也不再是为这个夜晚寻找我们远行的车厢。

这时我们走进了月中人的风景。

2012-09-30

在社旗，看山陕会馆

曾经，我述说过这个院子
空荡得连灰尘也消失。白泽嵌在壁画中，
和梨园一道，借游人的耳朵怀旧。
它不再是一个会所。但也绝不是空洞记忆，
当我们触摸那雕刻在石头上的风雅，
我们和古人有着同样的世界，同样的想象
与尊崇。在这里，我默看斜上方读书的
杜甫像，以及旁边观光人的表情。
像是一次贪婪的眼睛的放纵，
并想到：一个当下不读书的时代
该以什么样的方式向这些正确的绘画抱歉。
我只是那一刻钟的旁观者，并非
以哀挽的情感，对可见的光芒做过多的
探究。光芒在照射，而非影射心虚的
后现代。从这里走出去，几乎
一条街衢的商铺或者灯笼，在风中摇摆着，
在模拟一种理想的商业构图。
我从中辨认着玉与石、脸谱、秩序，
其实我几乎什么也不能辨认。

有人告诉我，路边开白花的那种树叫
探春，它视线置换了我无力的话题。

2012-05-13

诱入湿地

被诱入湿地是一次意外。
浩渺的光影，像是安详地染着蓝印花布，
从北方以北，飘来的蓝印花布。
这是我对这片风景的描述。
至于兴奋的草原，它可以幻化成电影——
影片中的牧羊人比眼前的挥鞭者更逼真。
更深入的是我在南阳的方言里捕捉到
蚌，无处藏身的窘迫，
和一个破衣衫粘满泥巴的捉蚌的孩子，
他貌似的快乐。
草滩携着流水不管尽头，他没有理由不快乐。
我也没有理由问及他在南方务工的父母，
他是这印花布上的小鹿。
布景上一缕酸楚也许是我不小心弄出的幻象，
哎，酸楚，
还是莫说不关剧情的那点儿酸楚。
这时水珠在草上旋舞，
像诗中闪光的词——我该拿它来赞美——
赞美水性的开阔带来的亢奋，

赞美你的花裙，和那个捉蚌孩子清澈的眼神，
一个世界回到原始、雪片和慢速……

2012-05-12

午后的后山简叙事

这是午后。后山从林酿制了辽阔的自由，
两株弓形树重叠着，风微至抚摸状，
接下来是钥匙的节奏。
紫苏，这时以蓬柔的肢体掩盖了急迫的意识，
你把这个过程叫做酒酿。
你略倾向于光线的脸越来越丰富。
从高山之上的天空俯冲般压下来的幸福感
做画舞。继而是点状的花舞，
一种植物溶入了另一种植物无声的海啸。
蝶不动，指定是醉了，
树在它的树阴下轻轻摇晃。
山峰上传过来几下恍若很远而又绵长的钟声，
然后是了无声息的安静。
花在开，花“莫不令仪”地开着①
完全弃绝了这个世界带给内心的纷扰，
还有尘俗的偏见。
你在你的风景里上升，升腾，
你在你的安静中接见光亮给的不用回避的倾倒。

---

① 引自诗经《小雅·湛露》。

再次沉入刚才作舞者的回忆，以及想往，
一个下午已扩张到所有，另一个下午。

2012-10-09

9月9日去神垕看瓷器绕到一条老街

一种绝活突然出现在眼前，
出现在褊狭一隅，像遥远又贴心的句子，
让我对磁性的光芒有了触摸感。
这样的光我们拥有得从来就不多，
我们通常活在别人的光亮里。
说这话时我们走在瓷都街，我们也是瓷器，
因怀着对一种手艺的敬畏，
不止一次地，不与生活干杯，不互换角色。
但这里，瓷器高仿，房屋也任其陈旧，
手拉坯到瓷不过是一双手和一种火焰的经历，
手艺不过是兑换一些碎银子。
这就是生活，以及生活带来的现实问题？
它是黑的。这更反衬了瓷器的光。
我们走过了一条河，碎瓷片
砌城墙，高耸的水塔停在了另外的世纪，
暗意识里的流水退隐得像藤蔓。
手艺成了什么？古镇戏仿着古色，瓷器
为生活而活着。我们走进一个个庭院，
庭院皆作坊，旋转的泥坯在质问我们从哪里来。

我们也有权问：瓷器来自何方，
现如今为仿谁，而等待时间之土的锈蚀？
我知道它们都是唯一的，
但为什么不能以唯一为王？火焰
是火焰的催情剂，我们领走我们的光。

2012-09-12

这个深秋与魔头贝贝一起去他的小镇

不去就不再对着啤酒瓶吹气，
跳到湖里喂鱼。
这让我在黑夜来临之前变成一阵风，
从水上撤出，向一个叫官庄的小镇飘移。
镇上的灯最初还有些迷蒙，
后来就只剩下酒了。酒诗，酒疯子，
后来的后来就只见漆黑了。
黑暗阻止着我散步，
街上有一两声狗叫，接着又没了。
直到早晨我看见人类的毛病、瑕疵被空气
刁蛮地撩拨着，充满灰。
小旅店的后窗还伸出一两根蔓爬的绿藤
无源头。这无法与前卫艺术对位，
这不是雅各泰的南方小镇，
醒来的锐利来自菜市场的磨擦声。
从那里，进入魔头贝贝的三层小楼，
楼顶安静得能摸住蓝天，
琪琪格用相机拍下了我们，以及静悬的光线，
然后打开她的画册，画中那赤裸的人们

在干净的街面走着，在做着各自愿意做的事，
她说：未来，这就是未来。

2009-11-09

在寺院的明亮中，世界空旷了……

来了无数次，有机会还想来，
似乎也没什么，但内心多了一片海。
清明的鞭炮又在野外爆响了，
还有祭辞——不妨说是对灵魂的吟语。
有雨但没有下，也就谈不上雨般的愁苦。
人们在明亮中走着，世界空旷了。
我恍若也空旷，不知不觉又来到林间空地上，
有时手里托着相机，在寒鸦的叫声中，
倾情于空静。山桃花明净地盛开，
像我们清醒地做梦——将这里当作朝圣的去处。
许多时日都被此处的钟声替换了，
被替换的还有生命中的粉尘、混乱的激情、
烦躁、纷争。就这样，我庆幸被指认为守林人，
而不是繁华尘烟中张扬而逝的那个人。
在寺院与墓地，我不厌倦地走着，
从黑暗中挣脱的那个人，他注定在远方走着，
我几乎看见了他，更多的时候
我忘了是在什么地方。

2010-04-05

在南召的山间，我们像风一样……

这夜走在南召山间的高速上。
我有意放慢了速度，听你描述两边的夜色。
星火处肯定有一户人家，你说，
不清楚是啥样子，肯定到处野菊花。
要是两只蝴蝶就能飞过去，飞过去就不走了。
你漫不经心地哼那首歌，又突然停住。
夜很静，车轮擦着路道的声音像风，
我们却不能像风一样自由。
知道不？在传说中，山间的星火都是萤火虫，
有人说是鬼灯。夜间山鬼出没。
你说山里的夜色是美的，山鬼肯定是女鬼。
这让我想到歌德的《浪游者夜歌》，
真想呆在这儿，安静下来。
但现在，路标在反射下提醒着我们还要赶路，
除了倾听你，我不能拥有夜色的好配方。
我曾经写过一些夜行记，似乎
都鲜有色彩。现在我知道它缺少了什么。
你说着模糊的夜色，星火闪着
遥远的光，也许，风声这时候大了起来。

2010-11-19

去三门峡途中，遇雨

下午 1 点 26 分，刚上路就下雨了，
车窗像覆了雾，刮雨器忙着拨开天空。
一辆卡车驶过，它的
呼啸声，让你清醒地慢下来。
收费员说前边要绕道，车堵。
哎，有哪里不堵呢？
你再次陷入迷途。冷风透窗，
雨点更急。你注意到是发亮的雨点，
像小时候在山里常见的雨点，
那时无顾忌地蹚水，淋雨，做天空下的鱼。
那时的雨中玩伴成了什么样子？
那时，易满足的少年国！
越来越难走，一辆卡车抛悬
在桥沿的护栏上。你来不及细想，
更不能停下来观景——
丛林在两边山崖上自我地呼吸怀柔的雨点，
异姓兄妹瓦屋下说着不外传的话
——飘渺的想法，被你的播放器打住，
黄灿在唱，黄玫瑰也落泪，

画质的声音，恍若从天际飘来，
逼退车内寒气，让你的路途清晰。
你再次调整方向，还有多远貌似不再重要，
在自然的雨和内心的雨之间，
是一条河，抑或，一个窄窄的小溪。
你迷蒙的想法也被刮雨器刮着。
当车子行至易滑陡坡时，你还是攥紧了
手，车轮擦及褶皱路面的嗡鸣，
像暴风，在给倾斜的雨水做伴奏。
但你的慢行不是为了倾听，
越过山峡，还是山峡。一个地方的雨，
下到了另一个地方，变冷的山
还原它的自然。这时树木是风琴之手，
而你听到的是远方。远方在哪里？
你不寻找意义，你在你的雨中。

2012-09-04

漫游者

被风吹拂，被远方牵引着，
我选择流放，但不选择去处。
几个相近的人靠低语相触，低飞。
这声音飞掠灌木丛、涧峡，
忽略了城市、市场、斗心术。
仿佛一道微光，迎面
是山羊胡下的水草，水鸭，
以及从未谋面或从未有过的人。
我们，再不携带角色，甚至包裹
和时间，除了自由的元素。
除了一个上午阅历石画，
它来自汉朝的墓穴，给美人蛇
装上想象，给天空安上星河。
一幅狩猎图和一段让人心疼的
爱情，我暗自唏嘘了一会儿。
当我在途中，我是抛开
包围我的困乏。如果靠近孤树，
那说明我放弃自己，变成这棵树。
我走过一个个缩影，关乎你的，

关乎灵魂旧址，关乎一幅童年的，
或更早时期的连环画——
我惊奇地发现一个铁匠铺，紧挨
“曾记”理发馆，像手艺锻造手艺，
让房顶的瓦松站起来欢呼。
我们是这里的平民，串街走巷，
我们是山林小兽，是张沟村夜晚的
谈论者，直达未来，直达
你的内心。“你我之间有了一阵
穿堂风”，世界宽敞，我的
森林在爱的光谱下忘记了的苦味。
在这里，世界遗忘我就遗忘，
而遗忘深处，石碾盘，铁门环，
在一个农家院的余辉里比生机。
我拜访它的主人，我的停顿
就是时间的停顿，我在缺失的
时间里饮水、充饥——这必定
是一种生活。另外的生活在别处，
仿佛不再和我们发生关系。
从这里走向峡谷，到处的
茱萸、红柿子、野果，
像诱惑的天使，我担心它们是
虚幻的，在我迫近的时候突然消失。
山谷一侧是坟墓，另一侧
峭壁。我在自己最好的时辰，
离开我自己——我是虚无的影子，

还误了最后一班车。
但我不原路返回，也不追究意义，
山里的夜，风微凉，
世界，始于此。我的秘密全都
隐在上升的风景里。

2008-10-11

第二辑

水泊十四行

水泊痕

我多次穿过杨树林守护的堤岸，在断续的水流边
游走。水泊装着蓝天，一种清澈的孤独
给我归零感。除了流水再没有一丝物质的杂音
——物质是晦暗的，是统治世界的魔力棒。
我往河的深处走去，身后的城池被撇得更远些，
包括那辆运沙的卡车，快点离开——
现实仍在眼前。我也不指望能回到超越身体的世界，
但我相信片段，片段即风景。
这让我明亮，并把一些事情看得渺小。
我再次凝望那水泊，有些还在流动，有些不流动
也在明净中。这多么不同于人类各异的面孔！
我忍不住四顾，不远处的山坡上，生出草木的新坟，
桥上的车驰以飞的速度，而身边的飞鸟却走步，
我决定了在这儿多坐一会，一个插图。

在凤凰岛

一只渡船从彼岸把我引渡到遍地藤蔓的岛屿，
像是摆脱了人间在一条蜿蜒小路上找寻丢弃的灵魂。
我不敢断定走丢的灵魂是否还在这干净的地方等我召唤，
不知道它还能否认出我。因为生活，我们有了另外的
标签，唯渔火之后这里的草与莺依偎着它们的方言。
这方言让我从陌生到忽然的温暖——那种阔别的温暖。
我在这里的岸边坐下，看水的细浪从不同的方向漂过来，
我清楚，这是风浪消失之后的细浪，像轻柔之手
给迷惘人以平静。我决定不去碰它，貌似不让身体醒来，
这些年我过着别人眼里的另类生活，却又被枝蔓
和葡萄缠绕着感染着，我不知道我的石子从什么时间
消失的。原本我是属于这里的，是欲念动摇了青山。
我看见一只蜻蜓贴着水皮在飞，趟起涟漪，
像曾经的梦。我像在向梦里回归，又恍若从梦中苏醒。

流　浪

在一条山涧道路上行驶，不知道为什么就有了停下来的
渴望。制造一种隐秘生活，或者找一种幽深的孤独，
像树木？没想过这，和古树合影的人肯定也没想过。
我不去解这个谜，它翠黄的叶子披着阳光覆了下来，
倾覆我……遗憾的是没能倾覆山谷翻出的新土。
哎，这里的孤独已被开发。我的想象由此被掐断，
我折回到一个古镇上，在身体中流浪，
遇见似曾熟悉的人：老人、女人，更多的是手艺人，
给我温情、忘记的片段。但不给我流浪者之路。
我走进一个个石巷，有许多打不开的门，生锈的
心锁。我没有情节地出来，天空飘过淡淡的云，
像给予我开阔的背景。但我的孤独已经被掠走了，
不知道还有没有容下肉身的城堡，剩那点可怜的自我，
仅够看下风景，呼吸下空气。哎，似乎呼吸就是生命。

唯有跳荡的雨点……

下多久了，雨刮器拨开水中路，
世界还是很茫然。自由，这时也收缩到车座大小，
不知道还能做什么。一切都慢下来。
唯有跳荡的雨点，它敲打世界的样子像鬼精灵，
我对你说，那份洒脱足以让我倾慕，
一个雨一样任性还尘世于干净的人足以让我倾慕。
是否有一个叫雨的人？哎，有也不是雨。
我们都经过很多人和事，说它随风而去只是一句歌词，
现实中，有太多花眼魔术，我们能说清什么。
我学着单纯地写诗，做时间的碎片，
也等于说，自我陶醉地在做着灵魂的人质。
这是不是一个问题？假若你要说这样其实挺不错，
我将回答你：不不，不如一场雨。
至少在这个年代，我们的声音应多一些雷雨。

悬浮物

在一个人的人行道上，每晚，黑暗都根植静寂。
月亮依旧被路灯、车灯遮蔽着，
影子也同样被夜色抑或模糊的光线遮蔽去。
我只是安于这个钟点的脚，不携任何思想的练习簿，
今夜重复着昨夜——甚或去重复下一个夜晚。
有时走得远了，到了城市边缘，
看见悬浮在上空的星河，它们，彼此互换着光亮，
以区别于人类的喧嚣，尤其是冷漠。
它们，以无声的神明示意我，人间的浮躁这时消隐了。
我下意识看了一下周遭，我终于可以逃出身体，
像游魂。但迷宫不赐予我入口，
这和城市没有方向感一样——精神让服了幽灵。
这时，我独自在夜里抚生活的石头，
更多的时候只能在统治的衣袖里机械地安命。

波浪从各个方向涌来

这时，波浪从各个方向无来由地向我涌来，
它浩渺的潮动像是唤醒我落在大地上的灰色影子。
我不知道那些影子会否给停过的岛屿和渡船
以风景，给一个人填补过空洞。
水浪涌来又在岸边消失，让我忽然想起，
2002 年 5 月的北京未名湖，我在那里坐得久了，
有一种跳下去的莫名欲念。
不，是万念俱无。我揉揉不大的眼睛，什么也没看见，
貌似一个游丝般的声音在轻呼：下来吗，下来吧。
此后我发现一个影子和影子的影子一直跟着我翻译我，
它替我打开了旅行箱、阴天和所有经历过的女人。
我将背负对世界的忧虑和迷恋前行，
偶尔还会像现在，躺在茅草地上
梦死一次，把影子留给风情的凤凰岛一次。

爆米花

仲夏的车流有着热浪般的涌动和起伏。
它消糜的剧情、爆米花，给我的眼睛以忧郁，
从浅到深。我终于想起简单的乡村生活，
曾经，我们都是那些淳朴的孩子，静静地接受真理、绵菌。
后来，我们入住城市，不再沾染泥土，
像一个幻化的影子，游荡，顺从天命，过惯常的
生活以及偶尔欢愉。貌似无所顾忌了，而晨报，
一再曝出病症、祖国的风沙和它掩埋的罪恶、沦丧的道德。
说这话时雨打着窗玻璃，它不疼不痒，
但我惊惧——世界混沌，雨冰凉，我们行走的路道上坏着灯。
我遍寻美词，它能否建立我们的乌托邦?
从街衢，到工厂、学院，反复的时间里，我们自喻什么，
灯盏? 命运的灯盏，你能否在无序的黑暗里引导我们，
还有那些，跌跌撞撞的懵懂孩子。

忧　郁

从树梢倾覆而下的凉浸透木质的屋子。
老式闹钟齿轮绞合的声响扣着女人的碎花舞步。
像一瓣飘零的梨花。但，自由自在。
蚂蚁钻进它的巢穴那样自在，
枝桠伸到屋檐与房瓦随意撩拨般的自在。
这里的人有着属于他的楼梯、通道及青石，
在树冠遮掩下还有另外的人间温润。
当有一天从这里走出来的时候，光线的高强度
刺痛了我的眼。还有嘈杂人声、机器声。
我转身，但老房子没有了，
这绝不是幻觉……但老房子再也没有了。
像是命中注定的？我说不清。
我只是，只是带着那个从老房子走出的，
忧郁的女人，我爱过，而且还爱着……

弯道上

弯道。以一种挫人锐气的精神地理
让你慢下来，重新打量那些树或不同颜色的人。
杏树抛出它的花骨，态度傲慢，
不远处一只羊，先于你成为慷慨的赞赏者——
它比人更感知世界，树也是。

这颓废之中升起的光线，得救的舌头，
漩涡之外的人，更接近梦里期待的，有人性。

你，曾经说，多数时候只是活着，
没有巡夜的灯，你的弯道绕不进巷口黎明。

该做些什么。在弯道上，你的赞美即是反讽，
晚间的朗读即倾听——在听另一个世界的会话？
“要走多远的路，才没有歧路。”
杏花去掉死亡气息，彼处延伸一个人的梦途，
去掉假笑，并躲开不怀好意的那个人……

遗　存

一条旧街，鲜亮的石头上长出荒草与藤蔓的旧街，
恍若了无人烟。当走进庭院，一个老人，他带给我
本色的光。这光撒在我身上，也撒在矮屋里的
手拉坯和瓷花上。我不能判定从前的我是不是他手中的
瓷器，但有忽然的亲近感。似乎，我拉住了
这些手艺的门环，以至于在某个国度放大自我
——我试图拿我低微的诗和这手工的泥坯媲美个性。
旋转的瓷还原着自然，我却什么也不能还原，
我坐在一个石墩儿上，看泥土呼唤心愿，
仿佛在这褊狭的地方能捉住被黑事物掠走的梦幻。
一个挨一个的庭院，一种手艺收集更多的手艺，
那深巷石房的泥土之手，在轻拨微风。
我耳边的风声已经很大了，像舞，摇撼脚步，
这时我走出一堵碎裂的瓷片墙，釉彩随之隐匿于神龛。

在小浪底观水

在小浪底观水，不应该视风浪为关键词。
传说中的浮士德拥有占星术，不见得拥有这些
排沙洞，让清者还原于清。
两只水鹭测试着水性，明白地暗示你
那些漩涡或长空可以作为鹭鸟天堂。
这很正常。正常就是在异常的深渊上搭浮桥，
没有真相，只有水闸，
你从容，学会调水排沙，然后才得见彩虹。
凉风不知何时吹来，头发有些乱，
堤坝以及杂草中的小路，给世界以梳理。
有人因摘到一颗酸枣而惊呼，有人
攀爬长梯被喝止。汽笛长鸣着
每个人都是看客。被比水流还急的时间带走，
不如醉倒在斜坡上的豆腐花老店里，不说来由。

逍遥叹

在山上我们的车子穿越杨树林，狭窄的土石路
不知道会通往哪里。我们缓慢地颠簸，
也没有什么目的。一排连着一排的杨树被略过，
附近的眼明寺被略过。前边的路能到哪里？
这似乎不再重要。途中，你开始讲故事
——故事中有女人、米粒，和夜间出没的石头精灵，
他们出尘，他们不再有痛苦和质问，
也从未惧怕不远处的墓地，以及那些单行道——
魔鬼是存在的。我们走进我们的单纯，
情节牵引路途，去哪里真的不再是个问题，
该做些什么了吧，干脆被片段掠走，
或别上土星的标志……路在绵延，CD 突然响起了
逍遥叹，我们的声音也隐约被山风吹奏，
这时夜幕降临，一束光在世界的黑暗里穿行着。

然后，慢慢走……

午后的细浪，碎得像生活。
那些羁绊，使你在多数时候无法这般散漫，
以至于折断想象的鸟翅。
即便不折断你也难飞出时间的黑管。
拆迁、尾气、毒牛奶，谁践踏了谁的生存法则，
那街巷被人流量挤得愈来愈窄，
不再给想象以余地。梦境，也跟着消失。

这个中午水拂杨柳，这个中午你走在
湖岸上，“化作蝴蝶飞。”
似乎城市远了，能看见运河的标杆通往北方，
能看见众鸟在回归春天的途中。
你说，去漫游吧。
找个时间，让阳光摇晃我们身体里的暗。
然后慢慢走，我们的魅影从此不再尊奉秩序。

莲花池的冬天

做水的单纯。这里的莲花没有冬天。
有心不在焉的下午，多起来的小游鱼闲散在假山下。
你说“再散漫些吧，我想仰泳”。
要不然就去冲浪了——平日我们受够了那些社会漩涡。
有汤酒潭，让血液低语，让莲花般的人更干净些。水雾散去，
有池中的一些细浪推动另外的细浪，推动你什么也不去想
——就在这里做一个没有标签的极简主义者吧，
只是偶尔走在微小色点的石路上，把无知觉的生活硌疼。
这样的单纯把整个下午缩成了瞬间，
这时你闹钟里的五点半早早地指向了平顶山。
有人一再催促，仿佛时代容不下过多的懒散自在，
你清楚，还有很多路程要走，
暗夜里还要过石桥、五朵山和许多数不清的路标识。
“有限的空间里，你自个做自个的方向盘。”

在山涧度过一个端午节

不是避开雾霭，来寻找灰词。
不是在清流白石给出的黎明清洗记忆。
不是弃绝，在这里，
青檀叶的天空是干净的一小片祖国。

在桑树与青檀结婚的酒中，自由是一个国度，
在植物的风尖上，我们存在。
在山崖壁画中人的眼里，我们活过来。
在为真理而抵抗过的，先前的一个还是后来的一群，
曾经的高贵，还在高贵。

因见证世界，做时间的火山石。
因时间是用来忘却的，我们不戴面具。
因翅膀，我们到同一竹筏上。
这时的一群人，或许，就是一个人，
擦拭着世界的灰，听着内心的钟。

细雨中上独山

滴水的叶子阻断去路。但有石阶
眷顾，一如南阳人，向来对我的眷顾。
他们给我词，给我火焰或白河上的夜晚。
这让我有勇气上独山。不是找玉，
不再神秘。我决定不再有生命的冷角落。
一个古代采矿的洞口，悬在这片山崖上，
恍若标示着一个玉时代的完结。
可它的幻象在时人眼里还一直跃动着，
像魅惑。我清楚，魅惑过后是空白。
我们别再想什么，花和枝叶含住水色
妆点路途，我们是这石阶上的水珠。
这时雨紧了些，山涧的女贞发出琴韵声，
山上不见另外的人，一切都在被清洗，
唯幸福，像那个蓝花小伞。

你只是这迷途上的微词

我们是时间的幽灵。
我们说着刻薄的话，击打视听。
而大地挥霍着欢乐、迷途，
你这迷途上的鹿，你这迷途上的微词，
游荡着。黑色的光逼视着你。
更鲜明的是另一撮，据说是上访者，
像雪地里的虫子，失却明喻。
这时你摇摇头，继续你的游荡。
你瞅见满车子的花木，一些花骨在酝酿
春芳图——从前的灵性风摇水动。
春天了吗？依然这么冷；
年还是苦难人的怪兽吗？
时代变化快。云霾掩埋着云霾。
唯上元节的锣鼓，和夜空的礼花比个性。

幽　兰

夜读《幽兰操》，在先人的叹喟里
找到我悲伤的症结。好像生命在暗示：
别矫情，别责怪习习俗风，
世界本来多病。我们无理由筑乌托邦之城。
我们做什么？仿佛一切早成定数，
包括阴雨，遮蔽，和我不定时的胃疼。
时代汇集了浩渺车流，女人的丝巾，焰火。
而那物质街巷，瘦黑影，商贩，乞讨者，
他们比我更懂得世道人心。
这世界冷暖自知。唯进退，由不得自己。
什么年代都一样。必须忽略身体里的荒凉，
有苦自咽，有路自踩。
你听《幽兰操》的琴声淙淙，仿佛有言——
“今夕何夕？”“寒月照窗台。”

有一次登上西霞院的小岛

临近傍晚，被一抹西霞接到小岛上，
世界的光亮再一次被飞鸟托着，
天还是黑了，不知秋凉中剩下什么在大地闪耀。
喝酒划拳，我们疯玩一会，
像早年的激情在冲撞现在的慵懒。
后来，喝不动了。后来，我一个人坐在水边，
水很静，远处火车声很渺茫。
饮醉的夜，一晃一晃的。我对它说——
这岛是一幢水宅，建筑世界的人，
请保留这些水草，好让群星栖息，
好让我们梦途的爱多些。
说着，船开了，我们恢复了现实。
我不知道说什么，我知道，重新返回内心
做我自己的岛屿其实也不错。

某年冬，大旱

一个叫雪的女人，看上去有雪的味道，但并非雪，
这叫我感到渴，类似于吊胃口那种，喉咙干，
像着了火。整整一冬，我记恨暖冬中的大雾和大风，
这两个鬼精灵，它袭击我们，它的出现是一个错，
它叫我想对谁发一顿脾气，它是毒性的。
雪这个女人，不知道去哪里了，我若有法力，
一定施魔给她，叫她在大地上裸奔，叫她弥散。
整整一冬，像是对我的惩罚，雪无影无踪，
再这样下去我担心她会从我记忆里消失。
开春了，我对她的那点想法开始溃散，我嘲笑着
跑到野外看风景，长着干焦头发的麦苗，
像营养不良的孩子，它告诉我什么是人间烟火，
我的想象跌落进尘土、口粮、一场蝗虫害的回忆。
剩下的情景是没有油菜花开，没有波涛……

在那里，或不在那里

在医院，我挥霍于身体的疼。
不是绝望，就是疼，没什么大不了的疼。

在路上，我误入满世界的霾。
没有别的，涩眼，伴着四顾茫然的天暗。

在车站，我随了不朽的人流。
混杂的挤拥，习惯了，陌生中的轻微窒息感。

在小城，我遇到硕大的拆迁。
改造的钥匙卡在锁孔，一些人刚刚哭过。

在街上，我们每天一致的车堵——
我堵在你的恼火里，未来堵在折断的时间上。

在夜晚，我们麻醉于宫廷剧、骨笼，
有人在唱：醉倒君王怀。奴性奴一个国度。

在这里，我说着来历不明的生活。
痛苦隐匿着，所幸唯宁静不断地降临。

山中夜行记

车灯，穿透夜幕。随后的时间，它移动，
在起伏的鲁山，它移动。
仿佛一只萤火虫，世界停在离它很近的地方。
世界是一个夜晚，或者森林间的一所房子，
不遮风避雨，但庇佑你。
这关乎入口，关乎你的方向盘和轻微的危险。
荒草紧贴着车窗玻璃，远处隐没
灌木丛和你的瞌睡。但在一个桥上，传来了
激越的流水声。误以为是肖邦，
你略作停留。接下来在黑暗之中找路径，
一束光穿过，再穿过。
它从不陷入夜色的蛊惑，它具穿透的眼力。
据说，上帝在六天之内只造了一只手，
今夜他悄悄赐予了你。你的开阔不动声色。

荡 漾

但有水，就足够了。
我从湖的东岸过，选择波浪。
一只船飘摇着，湖心岛上，
黄花差不多是撩人的。
水边有人在爱。
水波，努力压低自己的嗓音。
“坐船不?”“不坐。”
湖泊晃动，它就是大地的船。
我透过树丛的百叶窗，
看水在演奏，你也不再孤单。
多说些吧。环境解除了体制，
交流，可以深入到一个人的宝藏。
世界在黄昏之前退隐烟岚。
我们的水草，却在激活身体。

声　音

撞撞自己的心，把它撞出身体，撞飞。
它滑落，又在树丛上跳舞。
钟声就这样回荡……
一个声音说放了我吧，我要回到荒岛上。
又一个声音说：不再拧紧身上的发条，
我就在这儿做自己的巴洛克。
还有一个声音眷恋着尘世的温情，
而它的喉咙干涩。
我从钟楼下来。这些声音也跟下来，
血液的奔突企图把它们混淆，
到处是石龟、青砖和断碑，
时间依然是瘦和冷，甬道也是。
我在魅惑下面走着，
为声音寻找各自的出口。

从　容

我拾级而上，半途坐下——
时间适合静观，适合在望远镜里，
时间像一个湖面，
石阶是行人荡起的水波，
不如多坐一会儿。
计时？不需要了吧。
风吹我，吹乱我的秩序。
有谁体谅我的渴？有瞌睡，
不，至少右眼现在还醒着。
乌鸦落在檐角上，
它的黑轻拭这个世界的灰，
它飞，庭院无尘。
这时有一把竖琴，
醒与睡之间我们对饮。

草人儿

有时一切都这般明朗，
河流把人们分为此岸与彼岸，
流水在继续它不确定的远方生活。
你横躺水一样的草地，说着半醉的话。
这时，细草抚弄你的嘴唇，
让身体跟着草尖发出一阵一阵的波浪。

一片草地的妖娆是不便乱说的，
它直掀衣袂，让你禁不住想——
倘若我们的话语以及骨头都像细草
这般柔软，那世界就不一样了，
那你就可以更明澈一点，跑得远一点，
也不至于受伤。但这些话，
奔流的白河水是听不见的，世界
还很远的，在楼群的那一边。

梦游记

从 6 号宿舍楼到 8 号楼，很近，一拐弯就到了——
这是我们的校园——我去找你。
貌似村里，多树阴，河大老校区式的旧楼房，我叫上你。
我们讨论着如何回到山里老家去，这里
不适合我们一起住——尽管夏天的凉风很撩人。
我为此还看了看路费。
我在校外等你，电话你，你手机却在我手里，我有点急。
你在哪儿？或者我们能去哪里？
一条路，像是柏油路，在河堤上延伸着，很晃眼。
我们坐在一个白色的车上……
我们还谈到卡佛，说到的句子是——
“总得有些什么用来盼望。慢慢地变老，失去一切和所有人。”
——后来，车子真的很慢。再后来，我从梦中醒来——
我们在各自不同的轨道上。四十五和三十六。

荆花出现了

一个早年的乡邻是突然走到跟前的，
他手里攒了一把透骨草。

我们在透骨的交谈里，从容出现了，
从容，从我眼里漫过了山顶——
荆举着它的灿星，境界出现了；
植物敞开它的世界，透明出现了；
身体里的扣子扣紧山体，胸襟出现了；
我们目击的尽头是无尽头，开阔出现了；
山脊的弧线是我们弯曲的列车，起伏出现了。

呼吸蓝紫色的格调，我们活着。
不是为了负太多的荆，我们活着。

撇开过多的诱惑吧，不再和那些猥琐
计较吧。蓝紫花不是蓝紫雾，
荆花的笑容未必不是我们的笑容。

第三辑
混编记忆

自　由

王者。开疆的意志之铁。
整个世界都是你曲张的血管。
而春天，悲伤的调子，
它如此咬你。越过所有已然划定的边界。
越过泯灭了气息的生活。
烂吉他说：“我们都是春天的漫游者。”
长腿。紧身衣。三分之二的时间在路上。
有银器碰撞的声音。天很暗。
你问：“在时间给出的尽头怎么办?”
答曰：“我用你去交换身体里的血液。”
迷途。孤绝之旅。梦之队。
行走在时间之上的一丝不安。不安分。
尘世之雪啊，盛开的玉兰。
被远方引领着，在空旷的大地上，
游荡。春天的孩子。

2011-03-20

绝　境

一种毒素，让绝望
掺和着黑夜的颜色刺向我。
起初它像兴奋的孩儿，后来
是一艘巨轮，拖着我下沉。

海。真大啊，
连船舷也抓不住，快窒息了。
很暗，很闷。这世界怎么了？
怎会这么多鱼刺，我吐。

我就要死了。这真容易，
像一转弯消失在黑夜，抑
或悬崖……狂颠，噢，明白了，
我在冲浪，太刺激了，

这会儿有了沸腾的自我感。
游鱼，碎影。突然空白。世界
能否不冷？这时一个声音
温暖地叫我。是你吗？我渴。

2011-04-05

新　雪

这叫新雪。这来得太早了，
秋天还在继续它的不规则运动，
火焰直接熄灭。
每个人，这时像回忆一样在翻找上年的暖衣，
你说，一点过渡都没有，
倾覆感就从你的天空曼妙地压下来。
渴望的人在雪地上，像舞者，
幸福得要死。
雪落下，又好像在翻腾，
从楼道里传过来几下无法躲藏的猫叫，
然后世界就无声息了，
雪在下，雪无声地下着，
它在这时候发出奇特的光芒，
盖住了人们不愿见的社会旋涡，
还有马路灰尘。
雪在下着，你说，它是冬天的灵魂，
它彻底的白让人不放心。

2009-11-11

清明，在焦山

一团雪从荒草和秃树间冒出来，
惊乱了枯叶的碎花舞步。
——这是梨花的绝活。
我在《唐》第405页印证过，
但未印证它飘零。说飘零，
易于想起我昨夜的巴洛克——
死神的蕾丝，撕裂的痛。
我暂且不说话。我坐在焦山上
看一幅向着不安的春草图——
生命一秒一秒地醒来，
温润的人从悬崖边上缓缓回来。
别管山下的人行道弯曲如蛇，
活着，你就是梨花之雪。
我因此，收集鸟儿的颂词，
我因此，表达对生命的敬意。

2011-04-05

诱惑，与被诱惑

春花渐次开着。有意无意
在暴露欲望的脸，在考验你的定力。
依据感觉，你将接受诱惑，
抑或你去诱惑。因为生活很干，
春日很短，失望侵占了太多时间。
现在，琴箫渴望着手指，
你身体里的花骨还反穿着小棉袄。
是习惯了世界的冷？
还是不习惯黑暗的外面依然黑暗？
不是要你革命。春天了，
不安分从这个枝条跃到那个枝条，很给力。
也不是有意挑唆。你去诱惑吧，
像银器一样碰撞，激活，
血性之刃，明亮之人……春天里，
赞同你多写一些幸福的诗，形若野花。

2011-03-31

黑　痣

一年年。快得恍惚。
一个任其自然的人，这时无语，
这时拖着不再青春的身体走在春天里。
他想，他要是时间上的一颗黑痣
该多好。那将不再有困倦与麻木。

不再有笼中困兽的烦恼，
不再有虚渺的颂词，
不再有越来越多的挣不脱的隐秘纠葛，
死一样存在着，
不再有目的、消耗、赶时间的奔跑。

而事实是：时间太快，空洞。
不顺从的生活，梦境没有着落，
很荒。这和葱茏的春天
有着鲜明的比衬。他想，他是龌龊的，
他活在一个叫想象的世界里，

渴望的春天来了，该干些什么……

这不是伤感，这是在挽不住的时间上
要一点点自尊，在泯灭了激情的生活中
点燃微火。在春天里，
他试图，几乎就是，活得有面目的黑痣。

2011-03-20

拒　绝

这样的妩媚就叫山水。但它意味着
远离，或者叫拒绝——对世界。
我固执地认为，
某个寒冬我曾经来过，
一个游荡者走在林间空地上，
时间，细心摘除他苦悲的符咒。
我略微弯腰，向寂静，
我听到时间之外有几声轻响的风铃。
再远些，一个牧羊人站着，
像在随手抛洒几片白雪……天堂的。
我看到什么啦？我不赞美，
也不再诅咒，自由是唯一的神，
生活有瑕疵，但我爱她的单纯和刺。
我走着，满足地走着，
我相信有一座神殿，
我想询问，而你还在酣畅地睡。

2009-05-30

蜃　景

我们在移动，在一些看不见的道路上移动。
恍若大城之中空荡荡的影子，抑或
河涧乱石滩上的一棵树。缓慢，又疾驰。
我们看不见远方，黑暗轻易堵了世界的出口，
我们什么也堵不住。麻木。疯。
但这绝不是死城——楼越来越高，我们越来越小。
这时，一座塔从地下冒出来为我们指路，
我们视而不见……我们移动，
一如从未移动。除了倾斜之塔，除了瞬间消失的
倒影，除了遗忘，仿佛什么也没有发生。
我们不知不觉地移动，从不问我们为什么要来，
从不问那些挖掘机、挖沙机都是干什么的，
它们有时在城市的上空，有时潜伏在干涸的河道，
有时，干脆进入我们的身体……我们
在看不见的道路上移动，比世界的变化还快。

2011-03-28

扫街人

偶尔在后半夜行走，街道黑到惊悚，
星星隔着高楼，照不到这里。
时值冬季，我忘掉了冷，
我走着。突然有一个影子，
在我看不见的地方，在后半夜的街上。
我竖起衣领，冷风被我的两手
分开，我貌似镇定些。
就在这时一个声音划过耳朵，
我凝神，看了看，声音却不见了。
我继续走着，风冷不丁
吹来，能想象出梧桐叶一片一片
从黢黑的树上飘下。飘在
这长街上，然后它消失得渺无踪迹。
我又看见那个影子了，
晃了，又晃了。
透过临街窗户的微光
我这次看见他了。他在弯腰在移动
在交出他后半夜的梦境

2009-11-04

流　沙

据说这里曾叫汝阳江。而水在消失。
草滩，乱石，流沙和那些翻着
流沙的场子。风云迭起。我趟尘土。

我茫然走着。河越来越宽，
像走在黑暗里。偶尔传来雁鸣，
它为死在枯树根上的另一只而嚎叫。

我陷入乱石，翻找着日月。
日月在少数身上留下了流水的模样，
作为梦境的部分，在江里转动。

我赞叹这时间和流水给予的生活，
隐在了石头……它们在水里，
它们浮游，它们有着鱼的无边风情。

而梦境在这时被搅醒。被船一样的
淘沙车搅醒。流沙，这些流沙
响着，我未弄明白它声音里的隐痛。

2011-07-13

在一个人的世界里踱步

候鸟飞掠窗台。我下意识地
瞥一眼外边孤立的银杏树，它秃着。
发一会儿呆，然后空白。
然后收到阿西自三亚的消息：出来走走，
透个呼吸……羡嫉到无语。
这些年，我也有过短暂游历，山高
水长地喝下诗酒。但太短暂，
很快回到这里，像韦白说的——
“一条鱼回到一个固定的深水处”
在小峨眉的木草旁，风不摇水不动地
数星月。更多的时候，
不情愿地，做事务的陀螺，
让时间的嘴闭住。
我踱步。我蜗在貌似的安逸里，
也许可以不想什么了。
可是报纸上无聊的花边爆料像雪片
覆盖暴力、拆迁和悲伤群体。
我不知道外面的世界怎么样了，
夜太长。你们，给我词……

2012-03-02

清明，在苏轼墓前

这时的清明来自松涛下的蔚蓝
坟院里有洁白的梨花使记性复明又复明
我不知道该说点什么
从黑暗中挣扎而出的你融入了无边的时间
寺院与墓地间的钟声激荡着空旷
你是空旷的一部分
在金星下，歌唱或抗拒着与自然融合为一
我没有苦寒世界的履历
但一种看不见的鸟鸣从高处向我飘来
我醒了，自尘世
尘世有太多的社会漩涡需要清明的细草
抚弄出水珠一样的明澈
——明澈中的人才能找到最初的方向感
清明到底是什么
这里弥散着你的梨花之雪，我的获救之舌

2010-04-06

外　出

木兰开在雨中，像玉雕。
你隔着河谷望过去，除了那一树白花，
天还在灰暗。你似乎在寻找——
石头？梦境？还是深藏的一个地址？

整个河谷没有别的人。但内心的
嘈杂还在继续。你沿着河水走了一段，
恍若被冲洗——一个城里人
被冲洗着身体里的沙砾、咒语，

冲洗着注入肌肤的耻辱。
这时，雨大了。雨声和流水声弹奏出
自然的意义——纯粹在自然中。
你懂它。它绝不掺杂生活的黑白。

你是否在这里住上一阵子？不是逃避，
也不是隐逸。只是安静的，
做这时代之外一片叶子，
世界坏了，你还能贞洁地荡秋千。

2011-03-22

拆　迁

挖掘机的铁爪，一次次
从高处落下。碎裂，以闪电的形状
劈开世界，然后慢慢消失
一座旧宅院、旧居，慢慢消失

有人，患了强迫症
他试图抗拒的嘴唇闭上了
他深度失眠，在梦里游荡、惊叫
梦里是众多扭曲的脸无数次的坍塌

他告诉我，他怕黑
而白天看见的是膨胀的市容和建筑
留存一切？上帝的念想没有了
看上去，所有城市像是一个城市

2011-07-14

沉　默

你一直沉默。你清楚，说了
等于没说。仿佛你就是为沉默而存在，
你在时间之外，承受来自黑暗的
压力，不绝望但牺牲。
你清晰地看着世界的阴影，小阴谋，

也不说什么。愧对梦，愧对卓绝的语言。
你似乎是一具空壳，每天移来动去，
一种声音被锁在肺里，
一千种声音被锁在你灵魂深处睁开的眼睛里。
你真的是旁观者？心不在焉。

好像是病了。由沉默而抑郁，
由沉默而普及——很多人都染上了这种病，
放下一切，唯命。
而夜晚，你梦见了斑斓的喋血，折翅。
你说什么，轻易就能说出真相。噢，你没说。

2011-03-25

种　植

风，掀动种植者的头发，
你跃到石头上，突然感觉四肢已不像从前，
(从前的一只麋鹿……)
你是漫游者，但惊觉，人过四十，来去却不再自如，
——这是一件苦楚的事。没有什么疑虑，
树木在看不见的风声里变大，
人们在摸不着的时间里变老。
为什么不在身体里种植青春苗圃?
为什么不在女人的衣袖里种植桃红和玉兰的易容术?
说这些，不过是自我的感叹词。
闪烁的自然之书，唯赞美树木和它的精灵。

2011-03-12

再次走进白河之夜

白河的灯火是渐次亮起来的。
灯火里，你像远道来的
主角。初夏的风撩人，
醉缘于最后一杯酒。
“他乡的河水是没有时间的。”
“噢，不，我现在就在你的时间里。”
我们看一叶孤舟飘摇，而后消失。
“它只停在我们所在的地方
就好了。今夜，抑或明天。”
远处的灯闪烁着，很童话，
（仿佛真的万家渔火。）
这更增加了你的非现实感。
而现实，这时淹没在夜色和遗忘里。
我们走上一座桥，桥上
有人在爱，有匆匆的人走向南岸。
我们站着，似乎哪里也不再去了，
在岸与岸之间让世界遥远。
就是在这里，我们谈到了美人鱼——
她与刀共舞——我猜测——

所有的时间过去了，她掀动的
波浪一定还在持续，做不规则的回忆。

2012-05-11

隐身术

我一再对夜色表示敬意，
一再，咀嚼它世界里的安静，它缩减
到两个人，或一个人的西西弗。
做到自然，撇开幻术。

这听起来多少有些言过其实的赞美，
但你得承认，这时的你才是你。
这时，你和很多人隔着一层幕布，
可专注于一件事，只和一个人抒情，
甚至不思不想地到天亮。

最好别到天亮，白昼有喧闹，
太多的漩涡——说这些，绝不意味着
宅，那般自闭。我喜欢简单，
这是酒引子。你也说过，
“一个人的容量是有限的。有限
必然给无限以另外的可能。”

这无异于烦恼的辩证法——

只想得到一片树叶，
却得到另外的叶子遮蔽。
还是回到夜色中吧。夜幕下，
说出的话不需要修辞，生活的欲望
一再缩小。夜幕下隐着你的另一扇门。

2011-11-03

夜色赋

这时的波涛源自夜迷离。
小白鱼翻转着，我们的世界貌似乱了。
整夜，白河水落了又涨，
像一场舞剧。这时我们不再说什么，

语言的刺青不再是风景。
只有舞，在点火，在食时间。

夜的丝绸柔到无理由，
它无需理由就裹紧了梦境。
如同我们由来已久却找不出理由的爱及爱情。
也许这世界我们什么也看不清楚，
但这夜我们看清了存在之人的存在。

薇依说，一切源于期待。
这时我们却十二分情愿地弃绝时间。

我们舞着，不再是生活的壳。
我们不问明天地舞着，让词语破碎，

让窗外的风由着它的性子鹤唳。
世界越来越凉，我们彼此温暖着
我们的西西弗在不远处唱着歌

2011-10-26

春　眠

我们早已习惯了春天的赞美
让记忆悬浮，让时间上的盐
溶化于高阁的器皿，似乎伤
消失了，抑或它压根不存在
我们春眠于花蕾，于平静的
光线下，误以为可以盛开出
自个的春天。如此，一天天
的幸福，我们在想象里虚无
忙碌，不再看见生活的虫蛹
蜘蛛和耻辱，真正活在一个
灵魂隐没的时代。是的，我
真的是这样，不知道你是不
事实上这比悲苦更糟，我们
犯春困，迷糊，顺从，没有
一条自己的街衢。你看现在
夜更深了，我们又沉沉睡去
睡得打鼾，没有星月没有梦
我们私下里也曾嘀咕：这样
沉醉带走了多少时光，好像

赛弗里斯的声音。我们睡着
听觉恍惚，一切都是恍惚的
不知道世界怎么了，以至于
早晨的地质结构，也只标识
温顺的波浪以及雕像的微笑

2011-03-23

安　宁

终于，在这个下午能活在没有困扰的安宁中，
像是消解了多天来的焦虑回到海的深处。
我清楚做不了自在的鱼但必须找到均匀的呼吸，
生活有太多动荡，浪仅仅缘于不远处的风，
（处在浪尖上的人，你似乎并不知道。）
我为这时的安宁回想了一会儿，像回到最初，
倾听唱歌的西西弗，灵魂依偎着种植它的肢体。
阳光从窗外弥漫而来，恍若在驱散某些记忆，
好让时间澄明，好让这个世界再简单一些，
简单到只剩下漂流瓶，瓶里装着彼此的小日志。
我有一刻钟的梦境，因为被梦给惊醒
而说到担心的事。是的，生活不是演高跷，
不需要跌宕的聚分，失去是最疼痛的词。
这些年，我们都在各自的海域里孤苦，
像一个没有梦途的游魂、一个不懂音律的盲人。
我这么说不是反弹琵琶，不是沙上卜辞，
在一个充斥假象的世界里，一种纯净的眼神
是光，它需要并赋予我们的，是没有枝蔓的爱。

2012-08-12

春 运

检票了，哎，我站起来时已涌起了
第一个浪潮。都能上车吗？我也不知道。
排队，拎好行李。手机又响了，
准是小薇打来的，不接了，也顾不上，
反正就是问坐上车没有。
我的地图呢，刚才还在包里插着，不会
是忘在小卖部那儿了吧，那个纤细的
姑娘好像说了句什么……检票口，到了，
前边小个子女人怀中的孩子不停地哭，
检票员都不耐烦了，或许我该
帮她抱一会？算了，你最好省点事，
友爱之手，有时是有嫌疑的。

这通道够长了，人流估计超过了渠水的
速度。涌动，提包的轮子声，
没有人回头看一眼。站台上都是人，
分流向各车口，我特意看了 D 车的车头，
像鳗鱼，据说它的提速让我们缩短了
四个小时，嗨，要是买到昨天的票

就缩了一天……有人踩了我一下，是我
走神了。车窗外，一对年轻人
紧紧拥抱，女孩哭成了泪人，大概第一次
分离。这让我有一丝的恍惚，但顾不上
细想往事，站警在提醒着时间，车上
说笑声碰撞着，人心稍安，貌似旅途不苦。

2009-01-22

在神垕看钧瓷手艺

像叙述者。一定是孤身一人
来干着孤绝的活。你制作不同的瓷
我看见另外的，旋转内心的
磨具，不，是想象中的一切
你的世界。你看着，有时候不看
手指的每一个触点——兴奋点？看似不动
就拨响了河流、群山和忽然的风
事物似乎就是转瓶，每一部分都愉悦
反射光芒。低头看，这是我的唇
那是你，你看，你随意地坐着，两手泥
——世界本来就是一团泥。你说
你只是个水泥匠。但，我已看见唯一
我的叙述在你手指间疾走
我看着它的肉身，上釉、成色
我怎么会是那个样子？我有我的发型
血液。我喜欢多些差异
你旋转，旋转。你拥有你的鸦片
手指的尽头是火，是窑变
知道啥叫窑变不？那是说不出原因

又不能重复的，你的绝活
它的名字可能叫流云，或爱
它无双，我却从中辨别你，情感的开片

2009-08-24

混编记忆

我有混编的记忆。
就像从晨光中醒来，
又在清晨的第一缕阳光中睡去，
梦和遐想同居。
它们分别在我身体里躲藏，
彼此照应，有时干脆混为一体。
它们嬉戏一般追逐，
有序或无序地，
充当我脑海里的浮游瓶。
梦和现实，很难说清
哪个虚幻哪个切肤。
我只是它们的肉身，
它们招呼我，
甚至无来由地使唤我，
一转身又在我记忆里捉迷藏，
甚至交换肢体。
有时，我也学会袖手，
看他们怎样无情地
把那些坏梦、社会漩涡删除，

像驱赶恶势力。
有趣的是，我见过的人，
有的一面之交就再也没忘记；
有的 N 次交道却如浮云。
这一定和手段无关，
一定是记忆施展了遴选。
我为此有小小的骄傲，
揉皱的脑海有了一大片陆地，
美的事物可以重生、栖息。

2011-10-13

树 移

我还葱茏着。我的青春，
从不止一代人的眼睛，过渡
到和你们同命运的现在。
我的阴凉下，当年的恋人已银发
素面，我还不疲惫地妖娆着。
我观望大地变迁，我窃喜，
我是你们的绿点，扶手，和伞。
要走了！这来得太突然了，
这个燥热的夏天，你们
都躲到哪里了？我想说点什么，
一时又无语。我不知被移除
的理由，被移栽到哪里。
也许没有哪里了，我从此消失。
这时代太多的荷尔蒙，冲动，
太多的芥末味，喷嚏，非人性。
唉，与我再也没有关系了，
我不老的身躯将朽木一样消失，
这不是怨言，我也很坦然，
这世上，来去本来就是平常事，

我担心的是孩子，在马路边，
你一定为他撑好伞。或许
若干年后，有另外的遮阴树，
你们慢慢等……现在，我看见了
斧头、镢头，我不再说什么，
你们也不用多说，我走的时间
是你们熟睡后，月上树梢头。

2011-07-18

低生活

去哪里，我从不多问，
也不必问及。我的工作
是小跟班听从小使唤，
但我不表演。白天融入
空气，像尘埃、小颗粒，
习惯于说些中听的话，
喝下不情愿的酒，然后
沉默，长时间沉默。
然后行走在你们的后面。
在后面不是观看肢体，
不是逃离，我还没这能力，
我习惯于不惹眼，习惯
在后面可摇摇头，舒口气，
这不关乎政治，或抗拒
厚黑学原理。我渴望简单，
像花间的小蜂做采花盗，
或者像寒冬里的乌鸦，
把冷风睡成梦境。
当我热情地活着，干净地

说着话，你们有什么不安。
我情愿就是那飞扬的石头，
我走进夜里，夜如此浩大——
我的狐步舞，我旋转，
我的梦说不准就是闪电。
在暗夜里，我有限的
手艺，打开通往世界的路。

2009-11-06

第四辑

自　然　书

在岛上

又一次登临岛屿，
在茅草丛的媚惑下，我假装睡了一会儿。
很久了，我对事物失去感知，
我每天上下楼，看上去貌似还不错。
当水波冲击着岸，
当一种看不见的鸟叫声从树林向我飘来，
我醒了。这时，鱼望着鹰，
一个声音冲着我问：你，都在忙什么？
我无从回答他，
尽管有狼群在喉咙里窜成烟。
这时，亮光沿着细浪一波一波向我靠近，
我从中认出了菖蒲、毛花鱼，
还有木槿，忽左忽右地像是怕我走错了路。
其实它不知道，一个被水岸推醒的人
很快就有了方向感。
我点烟，星火在指间闪着，
我清楚这是真正的地点，
我肯定我的自由
就是离开我，或把草地睡成婚床。

前边的斑茅草淹没了头顶，它让开小路，
我走在返回内心的途中。

2009-11-10

石漫滩

河岸有迷人的狐腰，
一场大水，有 1975 年的咆哮。蛇身回旋，
随后被堤坝摁住
——摁住的哭泣啊，乱石
在石滩上。有夜，忠实于黑的辽阔。

这不是魔镜，也非杜尚的《绿盒子》，
再也回不来的人，没有真理的
真理。安抚它，
给它细碎的粼光——迷惑我眼睛的，
这就是自然。自然？

安宁绝不是蕨草一类的小东西。
紫薇花据说是一个城市的象征，
在饰世，
我却是那蕨类植物，爱这女人一样的
水域，和哭泣的夜歌……

说这些，一定要躲开破败的政治，

离开我自己，到对岸，用无言造物。

2008-01-04

空　谷

没有过多的牌子，这里不需要
路标。道路也可以没入草丛，
红石当作船只，我坐着
或跳到水中，不再构成悬疑。
我“啊——”
我给鹧鸪鸟打电话，
她们有醒着的，美睡的，
在芦苇丛，排练与自然的关系
——不是魔鬼，就是天使。
我若选择，就作石缝里的鳗鱼，
借水的清澈沉入谷底。
不走独木桥，更不存在喧嚣。
偶尔看见一处，名叫“阴元石”，
——类似女人的处女地。
但河谷，干净得草都透明，
欲望也丢掉诱捕器。
如果杜尚坐在这里，他会重新
勾画 Les Vanités，那幅万物虚空图。
时间的染缸离散成一个个小水镜，

——镜子中是红石粒安抚蓝天，
我安抚我尘世的不安。
现在，太阳越来越高了，
河谷变得明朗，
树木都高出它自己，
——欲念在影子里一再缩短。
有孩童味的石头裸出了水面。

2008-10-26

夜宿山崖

选在悬崖边的房子住下，似乎
让黑夜更高，或离明月更近。

一些破碎的影子撇在了山下，
我的耳朵轻松了许多。它和夜相似。

那微凉的吹拂，那隐秘，
让我意识到，最纯的图像来了——

万物归其所。我只听见房廊下的
流水，和石头说着什么。

我们也在房廊上闲谈。用一瓶酒，
一谷溪水，抵制了因夜深带来的迷醉。

偶尔，圆月撩人。我们起身往高处，
怀抱一下她的肉身，以及眩晕。

处于心跳，树丛有些晃动，

这让我一再夜醒。我也像悬崖的植物

不再移动，活在传说中。
我敬畏的事物，我的夜，你再别远去。

2008-10-29

画风景

他一整天在林间，画风景
以及女人。女人时隐时现
他时坐时立，仿佛和植物
比耐性。直到一切记忆将
被修改，被他的颜料发现
被他摁进安静，或将我们
化作灵魂。这事关乎他的
幸福指数，关乎一个上午
的尘世观察。他确信结构
就是本质，他还原着世界
的表情。而今表情在减少
比如，乡野变城市，麻木
蔓延到了眼睛，这一小片
丛林留不住稀疏的鸟叫声
如若在自然和未来之间找
路径，他会陷入早晨的迷
雾、腥气和浅折磨。沉睡
的植物是美的，美人一样
在他的画板，在天籁之中

比妖娆。他一整天的生动
都源于此。留住一个世界
而不是解构，决非想象的
事。为此，他醉，甚至死

2008-06-16

夜走断桥

对风景的修复在于人潮退落后
在于夜，断桥，风微凉
不纠缠湖水。话语的鱼可以自由到长翅膀
自由到一种妩媚，然后
是小雨点，然后是我们的不紧不慢
前边是孤山，不是孤单
我们在一条木质长椅上坐下，只是坐一下

不远处有人在爱，他们和杨柳
比妖娆。用夜色，水色，荷色，剧情色
这时候，鼓噪来自身体
这时候想起情感是奢侈的，所以危险
唯一炫耀是，北山的灯很童话，像身边人的
质朴，让安静更安静。而时间走得快
抱别后，成水纹般细碎的远方

2008-05-04

小世界

一面水镜，安放我的石子。
我来，留下倒影，留下眼界。
我去，别再给我浑浊的喉音。

简单到有一个活的日子。
甚或不再说什么，简单到
窄狭的河上，一只悬浮的鹤

——天堂抛出的一片雪。
一束光弹起波澜，止于时间的
滑翔板。我是惊讶的珊瑚。

远处是时间的核心，
近处是轻度幻觉，我在专制
制造的美学上一再醒来。

整整一下午，像有事情要发生。
这食时间的鬼地方，无法抗拒的
水域，神秘者携着神秘的鹤。

2008-03-05

山居之夜

随后，上弦月挂上天幕，
像错位的挑逗。内心的蝙蝠
绕山崖飞；蛙鸣声没了，
时间陷入空旷。我们的交谈，
偶尔，被另外的动作替换。
身边的灌木丛一阵疾跑，连风
一起神秘。或明或暗的
星火、萤火虫忽远忽近。

没有疑问的是，城市远了；
没有疑问的是生活的角色没了。

溪水，轻洗它的嫩草，
还带出夜间温柔的小波浪。
所有的人间草图，涂作木屋、
攀岩藤，和白色被单上的幻影。

……夜在加深。夜，是用来爱的，
像两片树叶，彼此贴着；

夜是静止的；夜是水在演奏
解脱，演奏交融和不说话……
夜深了，我们，草木一样呼吸。

2008-03-07

木　桥

荒僻的木桥，太荒僻了。
溪涧，藤萝，散布其上的湿气，
这是我们曾经的。我们从这里通向小镇，
或走向遥远，走向另外的时间。
我听见潺细的水声，从容划过白石。
白石上是水草，未开花的少女。
我说出这些也就足够了，
但我穿过桥，发现一道光线，不知不觉
在剥落。剥落原木、石柱，甚至

我的记忆。未及剥落的是桥的拙朴，
沐风者，和众人的嗓音。

“挡不住时间的盐……我也像
小镇分离的一个图标。”
当黄昏来临，几只白羊从落日下溢出，
越桥而来，又瞬间消失。它们是
今天的野餐者，我朝着它们出现的
方向走，桥木发出轻微的吱声，

恍若叹息。我知道，当我回来，回到人群，我身上的闲适也将消失。

2008-01-13

望花湖

起风之后，浪波
一再击砾石。草也湿得暧昧。

一只船左右摇摆，
恍若不识水性。撩人的是坡上的

野黄花，不能采也不想采。
我坐在白石上，看荡漾——

风吹乱发，雾遮远天，
一群人在闲散，两个嘴唇在爱，

丛林在阴影中比夜近。
鬼柳树、鬼圪针任人来去，

梭罗说：“让钟去敲，孩子去哭，
下个决心，好好地过一天。”

这不是一件容易事。世界冷，

要眼神里的暖衣，这不是件容易事。

清水洗沙滩，石桥渡绣裙，
潮湿的 4 月 12 日下午，天微寒。

2008-04-16

停下来吧，水在演奏

我选择山谷的声音，轻得像一片失重的树叶，
选择鸟修改的时刻表，除了最初的
萌芽、发音练习……其它，都忽略了去。
野花上，小蛱蝶在粉碎着光，
而一些人、一些曾经的聒噪从身体里消失，
我不再记起什么，预言也显得多余。
零年代，赐予我的藤蔓是关于春天的一张契约。

这一切绝非错觉。很久以前，我苦于失眠，
一只鸟，此刻从肩头滑下，是风，快速接纳了它。
几乎同时，我还扔掉了烟头、风标，
像个失踪者。瓦庙沟不见了瓦庙。
我开始以山谷的名义背叛生活，
我被抛入溪水，听见白石的声音在说——
停下来吧，水在演奏什么。

2008-04-06

旧宅书

我的主人去流浪了。
我一直细心照料着我的灰瓦，
木门，石壁，和接骨木。
我有力量选择不打碎自己。
我不喜欢褐黄色的蕨草，
蜷伏着，像丢了魂。
它还不如那条失散的狗，
我准它在这儿狂叫，避风雨。
我的主人曾回来过，看我，
还取走了他的桌子和一把伞，
像是到另一个地方定居。
我担心我会成为一个迷园，
我在安静里失眠，惊醒，
看见到处都是藤蔓、斑驳，
世界是一把生锈的锁。
我的主人临走曾回望好几眼，
仿佛火焰，仿佛说，
我是时间的乌托邦，我滋生
过去。你别不信，

别走近我，别进入我的身体，
腐烂的政治会从你开始。

2008-05-11

观瀑

水是什么，然后咆哮什么，
然后演奏什么。或什么都不顾地飞。
天使的手向世界扔着白衣衫、唱片、绳链，
以及她的鞋子、丝袜和破碎。
见鬼，没有一条船能靠近那里，
我趔趄了一下，石阶滑极了，像打了蜡，
扑面的水点也烦人。天使是水性的，

识水性的人还没到，
一朵雪莲挂在黑石白水间独自睡，
或醒着，演示寂寞。

我把裤腿卷起来，冒险也许是容易的，
激流在飞，欲望也在飞，
到处都爬满了藤蔓。水声变得轻柔，
变成一把白剑，滑向深渊。
向前跨一步，也许就随她去了，
我站定，同时不动的还有一棵树，
在我的左上方岩石上，像个痴呆症患者。

飞流之下，一个女子赤身
在潭水，轻灵地游……

2008-03-31

晨 光

夜色消褪。突然，就退了。
晨光的枝蔓爬上你的脸，
给你生动。你的头发被吹散，
你动身，朝着预设的方向，或者没有方向，
——这多像生活中的答案。
这给冒险以借口。你说，攀岩吧，
冒险带来兴奋，就像闪电划过夜空。
你吹起口哨，然后笑了，
你说，没什么可怕的，世界始于奇迹。
你不屑于假设的生活，
你上路，树木晃动着，晨光有了色彩，
你像初夏的一股暖流，荡起风，
荡起衣袖——不是炫耀。
你听着一支叫心灵探险家的曲子，
在路上，你修订了时间，
你改变坐标、频率、焦点，到了，到了，
木房，水池，小路通向丛林，
一部电视接收器——不开也罢，
你说，清静也是一个避难所

山的那边景色真的不同了，
你决定制作一期民刊——不是明信片，
记下它，记下心灵的叙述，
尤其晨光，引导你为你变换出景象的晨光，
你对它喊：“亲爱……”

2008-05-09

桃花传奇

半明半昧中，我不知道什么地方。
山洞，或迷宫？我晃荡着，

直到早晨醒来，雾和酒精消散。
我感到渴。我在湖边走着，桃花撩人。

我想起昨夜。湖水不沸腾，桃花，
掀动无边的冲动，嘴唇。

我伏下身子，给久违以宽慰，
我看见更大的海，在张开。

波浪在持续，起伏，
我的渴在持续，我张了张嘴，

几乎说出秘密，说出桃花是水性的，
贝亚特丽斯，它的花片。

我想起昨夜。桃花迷漫，

我在山坡上的……我的窒息。

我像传说中的制造者。
桃花，你入侵你的危险。

2008-04-10

缘于山水

后来，滴水声消失了。
路上多了石阶。向上，越来越敞亮，
树干的疤痕，像标记，
但不需要识别，从世界醒来的
人，缘你——山水
迷人的腰身而勃动，青葱。

后来，鸟叫声游荡于身体，
一些眼神越过暗示，仿佛冰咖啡。
后来，黑暗从树荫下溜走，
出逃前的祈祷被替换成无所惧的野花，
在森林的波涛下开合、起伏。
自由，在这里弄出尖叫，自由的极点。

后来，你就是香蜜草或色调。
怎么可能啊，似乎一昼夜，坟墓般的
世界渐次生出门窗、玻璃。
山水，它不是美人靠。

它是你的指甲，你的呼吸。

后来，我的眼睛因你的存在突然复明。

2008-06-29

汝河书

我是清澈的。我的色调，
从近乎鹿色的沙地，过渡
到岸上一卷卷水草。草丛中，
鸟类如星的图谱，排列着
未开化的人类源头史。
我无拘束地流动，暗中充当
它们的眼睛、给养，和瞭望镜。
我看见，你们来了——
这个微凉的下午，你和她，
生命的冲动就是草地上的一吻。
你一定品尝了她唇的芳香，
有点薄荷味的荷尔蒙。你为什么
不放肆下去，这是允许的，
这近乎伊甸园的水域是允许的。
她说到荒凉，或许指身体，
荒凉的本质暗示了渴望／欲望。
我不是先知，我的断言
来自水洗沙滩时的无限快感。
我刚扬起的浪花又回到了夜里，

我很轻地睡去，略带叹息，
为你的柏拉图式和我在此的着迷。
这个晚上，神明在林间空地上
跳着恣意的舞，如早先
土著人的劳作。我清澈地流动，
我因这一切，转移了
对不远处那两个淘沙厂的厌烦。

2008-08-17

田园诗

从水城到田野，你的声音穿过火车
然后你越来越近。曾有载石的拖拉机侧身而过
然后越来越静。没有河堤，只有
小树林轻放小树荫，细浪保持到不掀翻水池

轻微的冲动是必然的，它生根已久
这么近的豆荚、心念的美色，在链条上晃
假设，把这个时间割裂出来，会不会
是一个片子：尘世外的魅影，淹没你的蓝花荆

片中的大地，耳语、神往。还有
燃烧、起伏？你恣意，其实不用担心时间
如果有一种旅程是从迷幻开始
那就选在这里。几天，或者飘摇的一生

柔美来自草丛，来自那个没有越过去的
地边沟。敏感充当催情剂，从初夏持续到初秋

主人公还在等着越冬。撇远的，是蓝色井架
和红铁瓦房的现代矿区……

给 CX　2008-09-01

竹林赋

一只白蝶引诱光线，
引诱我进入惊惧。那儿
有废墟①，有阴影晃动。
或许，是鬼魅。
细碎的声音，像心跳，
落在林间空地上，
我被枝条拌了一下，有些
失声。我不知，这废墟
竟是一个人的隐居地，
据说，他是罪人。
我想不透，罪到底什么样。
罪，也许卑微，属于草生科；
也许像竹子②，被植入时间
的深渊。而时间得了强迫症，
竹林一再瑟瑟。
罪，偷偷与山谷交换霞光。

---

① 这里指舞钢北湾，曾有过房屋，住过一个“右派”——作家杨稼生。

② 当年的“主人”移栽毛竹，后成竹林，至今。

罪豢养竹笋，还幻化
星火，一次次点冬天的穴。
这让灾难赋予传奇，
让阴影溃退，向空茫。
竹林间的光斑有略微的晃，
我有瞬间的恍惚，
一个人远去，一片竹，林立。
从黑暗到惊恐、坚韧，
哲学的光芒照射出未来主义。

2007-10-01

自　然

你知道森林隐藏着我们的
隐秘。它请我们进去，
它给我们一只小船，给我们阶梯。
它停在我们渴望的地方——
一些树丛，在光泽下慢跑，
一两只鸟，擦着水面低飞。
我确信，这些植物和动物有着我们失去的
或从未拥有的感官，它们叫灵性。
它们，是自然的种族。

我试图在山路上追一只蝶，
缥缈的钟声，耳廓里的诵经声，
我知道，寺院永远在高处，
“我无需占卜我的前因与后果”，
就像我无需怀疑自然给予自然以肉身。
据说，翻过山是忘忧谷，
那里的叶子升腾细浪。
倘若在初夏来，呼吸三个月的草木，
就做那些柞树，简单，散漫。

2008-01-05

蝴蝶溪

我的疑惑才刚刚开始——
被群蝶引领着，才知这是蝴蝶溪。
它们无声的滑翔中，
细水、繁衍的尘土也归于无声。
它们纤细的、黑灰的爪须，
在起落间，仿佛裸露的神经。
是的，它们是这个山谷的神经，
它们飞着，或美睡着，当我接近，
它们佯装不知；当我伸手，
它们陡然去得很远……
我羞愧于不假思索的动作。其实，
我懂距离更具美学的磁力。
譬如，这溪流什么时间遁入白石，
像一条蛇，在这儿百无禁忌。
现在我不再惊扰它们隐秘的生活，
它们排练，我是谁并不重要，
它们排练定力、低语、悲喜剧。
现在，我坐在一片乱石中，阳光的
碎片都长了蝴蝶的翅膀……

2008-01-06

白河红磨坊

缩略的自然对我并不生疏——红磨坊，
孤岛。我有必要找到我的渡船，或栈道，
但城市没有渡口。女儿眼里的白羊
和小灌木丛，现在，像是一个放大的动漫片，
给平缓的白河水以海的错觉。
这的确是一个水岸。明亮。一幅时代
符号的标语："农村是一个广阔的天地。"
我们多么希望这是一个"大有作为"的天地——
(不呼唤蓝而蓝天，不标签而天然，)
我们是自然的族类——自由的想法和真身。
现在，我们选在草亭下，表妹说：
"你不如在老家的山坡盖一处木房子。"
但我能做得了陶渊明吗？山坡上有紫檀树，
我们被秩序拖着的这种人，连想法
都得降低。一个女孩子黄书包上绣着红字，
我清楚，这可不是毕加索的《亚维农少女》
这是一个一度自然而现在已经被制造了的场景，
——在另外的地方，也许被制造得更厉害。
我们见到船、草亭、桃子、篱笆墙，

我们貌似先前的族类。我注意到还有一根
避雷针，还有隐忍。这时几只来往的船，
似乎提醒着自然和时代的关系，
提醒着我们，不用预见，随时就要离开……

2008-09-06

啄木鸟

它在啄食，从草窠
从冬天的荒芜里挑拣惊喜
空气里开始散发巧克力的味道
一切都安静极了。只剩下啄木鸟的
花纹冠，不住地开合……你说
“或许，它来自新疆的戈壁滩。”
那里，是鸟类的栖息地
你说，“我是梦游出来的一只。”
说这话时，风是凉的
我升起了车窗。啄木鸟还在草地上
冬花一样，发出空落落的嗓音
罩住孤单，以及未来
你说：“我不相信未来……”
我也看到了路桩，和涂抹的墙体广告
那又怎样呢？啄木鸟都飞过去了
比风速。而你的丝绸、你的冲动
你的舞呢？时间，有时是个坏分子
你穿越一次就打击它一次

像啄木鸟刺进树皮，然后去飞

我对你说，仅此，还不够……

2008-02-03

淘沙场

流水在减少。淘沙场上有一把锨、一个手推车，
还有一个狗窝一样的帆布棚。棚边一只黑狗无聊地狂叫，
仿佛不如此就敲不碎偌大世界的安静。
它们合奏，沙堆、石料和饥渴，推拿河身膨出的腰间盘，
它们为此耗尽了汗水，再为此就要耗血。
在这草木萎缩的秋天，我途经这里，我在找水，
我无意发现一条河的死亡。死亡，并不可怕，
可怕的是，在死亡面前，上帝唤走了他的信使，
可怜了河边的小兔，它将因干燥而早夭。
树上筑巢的爱情鸟，一时间东张西望，
"趁早逃离还来得及。"现在鸟们嘀咕着，突出了慌乱。
我也慢慢分享到口渴。沙子，沙堆，沙场，沙尘暴，
蔓延在身体里……再看那条狂欢的黑狗，
和他的主人，仿佛在征服一个世界。
仿佛说："你不是说要我虐待你，背叛你，越残忍越好。"
我是路人，无权把罪扣在他头上，我还得
承认他有他的道理。因为，一条河上的人都在淘沙，
一条河都在掏空自己，残留下单调的黑白地皮。

我走在河上，开始恨我的眼睛，恨这个发现，
恨谁说的一句话：永远都不要把自己放进棺材里。

2008-09-15

天印山

荒凉，嗯，荒凉之后世界清晰了许多。
你看见了什么？好像谁也不说。
我们用一把手电筒，走进军情迷洞①，
它废弃，废弃到不再理会战争，
这使我轻松地抽烟，阅读天印山简史。
兴许该微笑一下，在这个冬天，
宿营房，上训练场，体验简单。一只狗
一路尾随着，仿佛护驾的兵。

荒凉中体验生死相依，或做单飞的鹰。
头一天风大，第二天暖阳。第三天，
晨练时看见湿雾，像漂移的河。单调的鸟
在河边，寻找配偶——不色情，也不
动魄。以至于，草木不混乱，
我跨越断桥时忘了高空的恐惧。
该洗个澡了，我离开的前一天晚上，
还特意到户外看星星。现在，它消失了。

2008-12-14

---

① 备战时期驻军挖的山洞。也叫备战洞，军洞。

白龟山

临水而居，一直是我的幻觉，
我坐船，或做潜水的鱼。

我在凌乱沙滩上，用石片儿
打水漂，拍照，像捡拾我的记忆。

一个女人穿着我梦见过的薄纱，
在撩着水。她的声音在撩着水。

往前是 2004 年初或次年秋阳下的船，
横渡时间……最远的去了南方。

据说，南方的水域开阔得更适于消费
一个人的眼睛，以及荷尔蒙。

我却没有远方可去。我也不再是我。
再次来这里，下午，我穿着风衣，

顺便去画，偶有所思，

或者只做一些恣意的小动作。

顺便说起时间，它在离散中如小水镜，
它安抚我将老的面容。

2008-12-19

篝火说

在夜晚，我是原始的人性。
我跳荡的火焰，我的心，
我无拘束的嗓音，丝巾一样。
从前的猎人，从我的生命中扯走光，
然后消失于后山。
后来的恋人，在我身边爱，
我是他们的眼睛、荷尔蒙和随从。
据说，文明的镜子将我流放了，
我挣脱柳条和草绳，
挣脱人类开化的源头史，
给世界写一封信——
我想留住火种。
我的信中必将提到今夜
——世界变冷的时候，
你、你们来了，
你朗诵，被更红的火舌舔着的句子，
也像在讲述着你们的身世和渴。
那个女的散发着芳香，
秀发恍若风中撩拨我的葛藤。

我看见你生命的火焰了，
带有原始意义的冲动。
你们是来爱的，对群山
和树丛。我庆幸
我的火种还能迁延于你们的身体。
当你的声音蝙蝠一样穿透黑暗，
我突然震颤了，像一种快感，
我跳荡的火焰有了模拟梦的举止。
这个夜晚，舞蹈的是神明，
我又做了一次山地林间的土著，
你的催情剂。

2008-08-17

山谷书

我们隔着方言探视，连深处
都是人群，相拥的人提前进入夜色。
但，有人说山溪是一个避难所，
我们来自不同的地狱，披七重身影①。
闲逛，透气，寻找生活的借口，
美梦居住在山林里打鼾。
山里人抗议，是城市拿虚假和他们交易，
酒精与汽笛挟持了清静，
密谋还在进行：在这儿酿制桃花酒。
山谷透出紧张的凉，一条鱼，
在水池中奋跃，惊起的浪花很小。
我在疑虑中停下步子，注视——
向着荒凉敞开的山门，它早拉亮了灯泡，
光，从上空飘来如瀑布，
掬于手指间的水，洗净了什么？
沉潜在无声里，打探幸福。
但事物，在消失魔力，
如同一个女人和玫瑰，行踪不再诡秘。

---

① 七重身影，来自波德莱尔《七个老头子》。

一切终将成为我的寓言，
极速变换的目光摧毁着行程，有风，
有幻影还在鱼贯而入，从城市到山谷。

2006-12-17

湛　河

天黑之前，这片水域
没有撩人的鬼魅。树木也相安无事。

一些破碎的影子在暗处
生辉，它们不是活的，但还未死。

最早跳下去的人，断了尘烟，
漂浮于水面上的小事物，在假寐。

夜总是来得慢，我总是想入非非，
这时，有人从身后绕过来，半遮面影。

她说："我们该做些什么。"
我说，我没有这样漂移的河。带不走你。

那些船、水鸟、飘摇的灯，全是梦幻。
它遮蔽了附近酒楼的酒精、性、跑调的歌。

唯一的真实是：夜晚的堤岸是恋人的，

他们的抒情可以水性杨花，可以不戴面具。

这让这条河持续泛蓝，像漂染的布，
我走过曙光街时还在疑惑：流水不腐？

2006-08-14

在平沟

仿佛是对一个事件的虚构。
我的到来只探访：真理和另一个我。

薄雾下，山鬼穿着迷幻裙裾，
说不准谁就做了她的猎物。

开门的人腾空了竹屋子，
我在无限清凉中谈吐。然后找上山的路。

美回到它的天性之前，先转了 N 道弯，
竹林、树丛、虫鸣，我像野羊一样游浮。

一群自在的人，在凉棚下喝酒，
一侧的溪水不顾一切地朝着一个方向。

喜悦是有腰肢的，一路上
陷进尘埃不生的感动。我们，呼吸如草木。

黄昏后的契机是夜的神秘。

黑暗中，我对命运所知甚少，但从不惊惧。

我坐在山顶的木椅上，和明月聊天，
我能动摇的，到想象为止……

2006-08-05

在内黄枣林

在枣林，手扶拖拉机
将我们的视线拉回到风雅。

朗诵声和酒碰撞着穿过
身体里叠加的秋天，唤醒时间。

我们，这群金星下的熬夜者，
贪睡到上午，现在坐下来对饮，

在无名的碑石前，存在
与不在之间。天空像洗过，

一只鸟在滑翔。它暗示
飞不是梦，而是生活的美姿。

我们指不定都要这样的进行曲，
划开黑暗，或者逃离自己，

为内心找一片海域。然后对饮，

然后，在这沙土上发生些什么，

我俯下身子。突然想起薇依，
她说：服从吧，对脚下的土地①。

我们的巴洛克，诗歌和嘴唇，
枣的醉态公演了秋天的舞蹈。

2009-10-02

① 薇依在1942年的马赛跪下的地方，有过这样描述：教堂很新但很丑陋。他对我说："跪下。"我回答说："我尚未领洗。"他说："带着爱跪在这块土地上，就像你跪在一个维系真理的地方一样。"我服从了。

湖　泊

水面给雾锁了。我在岸边
没有思想地走着，直到阳光从一座山
跳到一只船上，划动水族的天空。
我触摸世界明澈的一面，我厌世的心被轻放
在安静处。这是在豫西一个叫昭平台的湖，
从草径向北，穿过鸟的和鸣，
水成身体的一部分，从林内的红顶木屋
让睡眠起波澜。据说在南方，湖水是揉皱的床单，
适合色情。当然，也有深渊。
我来此是接受寂静的，我清楚，
我们划船，摇着探不到水底的木桨，
从昭平湖划到石漫滩、白龟山、白沙、燕山，
直到内心的某处。痛心的是，有些湖水已生藻，
就像不洁的女人染了梅毒，面带悲伤。
我为此惶恐。为什么会有这一焦虑，我不知，
那只滑翔中的鸟也未必知道。湖水
是河水的停留，为某座山或者是累了找个僻静处。
从前就是如此，湖水被喜欢它的人所命名，
从前的世界就如此简单而透明，

湖水，给夏天、给黄昏一个个活力。
注定还有一些不知名的湖，一些水，与你相遇。
当然你也可以理解为相遇的是另外的女人，
她早就在那里了，在一个夜晚的尽头她出现，
这并非偶然。生命的一半是水做的，
生命还在继续着它的水波。太阳顺便带走了
渺茫的烟雾，水面开阔得不见码头与站点，
我坐在一只小船上，像是蓄谋一场不便说的隐私。

2009-09-22

在鸭河半岛

早晨醒来时有一种静，近似于梦境的那种
静，在鸭河的水上漂着。
我消解我体内的疲惫，消解
水，在流经半岛时停下来涌动的薄雾。

顺着鸭河的水岸，
看见晨雾消散后，水弯曲，低回，
带着一种远古的自尊，我羡慕的那种自尊。
半岛，它比我自足。

水流到哪里？从昨夜，从经过的
发电厂、芦苇和桥，我发现，
河流一直在我的身体里穿行。
昨夜的黑事物，似乎在我说到这儿时澄明了。

河水流到哪里，哪里就有村庄
或岛屿，使我们在早到的金星下叙事。
这时我拥有你的半岛，你的无知，
我把灵魂判给你，在你的血管里度时间。

我的述说貌似不安分，因引进了河流的起伏。
在波光上，我们随手丢下的片段，
它一直在这里，以半岛的形状
安顿了下来，它还在等待它的主人某夜归。

2010-11-13

在清水河

一条河超越了疼痛的山体。
在河上，我一直想做个渔人。

四处的野草莓。也叫洋莓①，
同名电影中的旅人，在寻找缺失的爱。

我们都有过缺失。哎，不同罢了。
有时，阴影如奇石上的水痕缠绕着经历？

据说，沿河走一段就没事了。
或者就躺在石床上，放慢良辰。

有个戏剧，说什么“饮无美酒醉，
睡无美人妻。”山野的旷远就是没有压迫感。

昨夜睡眠少。交谈，有
醒神的效能，有没有一条细河的当年，

---

① 《野草莓》又名《杨梅树下话当年》，瑞典，英格玛·伯格曼导演的电影。

不激越，也不缓。车过小团城，
杨不乃树和密林，还在增补记忆。

2009-06-09

在睢县

时间抽掉了发条，我停在这儿，
这就是一片海。我打开，

我打开北湖。热浪不出声，
它清楚有一扇门在彼此间敞开。

我打开苏金伞，那小沙丘，
几根枯草，直戳肋骨。

他说，爱得正苦①。品味着，
船划过孤岛。下午依然过得快。

我打开荷花，它醉颤，
波浪直往夜的深处，打埋伏。

我打开空旷的早晨，
那里，有一张隐形的地图，

---

① 出自苏金伞的诗歌《埋葬了的爱情》。

我们，在制造图上的标志，
其中的一条线路连接着未来。

未来什么？我们的嘴唇，诗歌？
你不俗的民族装，我打开。

2010-08-14

再次说到你那北湖

不想再说到你那湖上的水波。
水波上，我像舞者的衣袖无风而动荡，
以至于我写下：北湖。2010。夏热难自持。
“是什么样的舞者在食着时间?”
我是这时间里的茧。噢，不，我是莫名的游荡者，
听荷叶翻卷我们秘密的北湖日记。
一个声音说：我们在世界之外了，你看
那座孤岛，我们都像那些鸟了，回不去了。
听到了喜悦，我漫不经心地
剥毛豆，在啤酒的泡沫里拂黄昏。城市的
灯火明灭，仿佛很遥远。
我们向更遥远的水岸走去，被夜一层层包裹着，
你知道我想要什么，
这时水声大了，据说是源自月亮的引力。
这次动荡后，我再没离开过，似乎，
时间过去了，时间还在不规则地继续它的水波。

2010-11-26

小旅馆

仿佛是一次逃离，对世界，
我无言，我走进小旅馆，
我放下疲惫。
“但偶尔的静是不适的。”
在这儿，我停止对城市的控诉。

有丝瓜与藤蔓，在眼前，
或另外的时间，带来轻微的不安。
有寒暄的人，
起先在身体里，后来真的来了，
从三两个到一群，
从彼到此。
——寂寞的，从来都是人群中的人。

世界真的没有一种静？
有酒，还在催化我，
有悲伤给我轻度感染。
有知遇的人，回到居室，
我们在暗夜里相互抚摸彼此的阴影。

2006-12-13

不自然

一座青山给拆了。
碎石，卡住了记忆。这种裂变，
现在从国家转入身体。
我踩在晃桥上，有点儿晕。
一对新人，在镜头下
秀。弄得水面上两只废弃的船——
一只红船一只白船，暗自
怀旧。这是秋天的下午，
我却说不出秋天的形象。
水面上浮出毒藻、死鱼、怪气味，
像城市夜晚吐出的垃圾物。
让一枝不知名的红花，在水岸
无力地开，开得一脸委屈。
新娘低垂的婚纱，在暴露
——露出了背上的黑痣，
生活，还在蔓延它的现实小调。
我想象，白沙原本是干净的，
红船上的小屋，原本有贞洁的肌肤。
但很快，不远处的摇滚，

把我的想象淹没，

一同淹坏的，还有鸟叫和蝉鸣。

2009-08-23

关于自然我说得够多了

关于自然我已经说得够多了，像刮过一场风，
但我更希望它是一场雨，淋湿你的脖颈、肩膀。
你走在就要遗忘的林间空地上，
可以矫情，甚至暂居。哗啦啦的声响从遥远传来，
你问，谁在弄出声音？没人回应。
你把它想象成瀑布流水，还提醒着千万别是伐木者。
那飞着的、行走的万物之上，
你是夜行人，或者观察者，从乡村
直到都市、左邻右舍、超市，我看到的是你的微笑。
这就够了，因为自然皆美。
“自然不是一件艺术作品。”有时候，它是一个女人，
神秘、充满欲求；有时候，
它是男人的宽胸膛、手臂、坚韧的具性感的支撑。
这说法过于纯粹。我将在一幅画中
还原一些事物，但不是杜尚的《大玻璃》，
那里有我的，以及你的脚趾，
那里有一条河，无论时间过去多久，河的名字没变。

2008-12-21

我也想做王维不是杜甫，但是行吗

弯道上，王维和明月都不见了。
车速开到 60。空调Ⅱ。2009。秋不是秋。
我们还在漫游。似乎没什么可看。
“我也想做王维，不想做杜甫……”
你略微叹息，看见乌鸦和窗外扒掉的青山。
这是北方很解人意的山。有松间，
夜可揽明月，或举着高脚杯做风月吟。
我不情愿地说到挖掘机，它的铁爪，
是激进主义者的狗牙。涌烟尘。
车颠簸起来，路途带来一丝的不安。
我随手打开 CD，播音正说着矿山暴力，
我想起中午说到的资本，资源，
开采和分割像两个黑词，饰演掠夺的
鬼把戏。你没有戏角儿，分不到一根鸟羽，
“做不了王维，那就得杜甫一样瘦。”
我把车停下来，找一片净石坐，
其实杜甫的《野望》，本意是想忘忧。
那能忘得了吗？有人修改青山，
沿途到处沟壑，铲你的草还收了你的小河。

胖知了、瘦知了都在问，你知不知道，

地上的蟋蟀们在叫着：秋——秋——

2009-08-27

图书在版编目（C I P）数据

漫游者 / 高春林著. -- 武汉 ：长江文艺出版社，2016.9
ISBN 978-7-5354-8640-0

Ⅰ. ①漫… Ⅱ. ①高… Ⅲ. ①诗集－中国－当代 Ⅳ. ①I227

中国版本图书馆 CIP 数据核字(2016)第 032227 号

责任编辑：沉　河　　　　责任校对：陈　琪
封面设计：江逸思　　　　责任印制：左　怡　包秀洋

出版：长江出版传媒　长江文艺出版社
地址：武汉市雄楚大街 268 号　　邮编：430070
发行：长江文艺出版社
电话：027—87679360
http://www.cjlap.com
印刷：首壹印务有限公司

开本：880 毫米×1230 毫米　1/32　印张：6.5　插页：4 页
版次：2016 年 9 月第 1 版　　2016 年 9 月第 1 次印刷
行数：4300 行

定价：46.00 元